사

랑

의 잔

상

들

사랑의

잔상들

장혜령
산문집

문학동네

차
례

prologue

기꺼이 원했던 건, 손을 내미는 것

사랑을 투영이나 투사에 가깝다고 여긴 적이 있다. 나와 꼭 같거나 닮은 것을 상대에게서 찾아내는 퍼즐 같은 것. 그건 숨은그림찾기 같은 것이기도 했다. 어떤 때는 숨어야 하고 또 숨겨주어야 하는. 그렇기에 내게 그것은 숨바꼭질에 닿아 있는 것이기도 했다.

커다란 비밀 속에서만 가장 위대해지는, 진실을 찾아가는 여정.

그런데, 그런 것일까 그것은.

사랑을 가능하게 하는 조건은 무엇일까.

한 사람이 한 사람을 사랑한다는, 일대일의 조건을 넘어선 사랑은 가능할까.

한 사람이 만약 인간이 아닌 사물, 이념, 신 또는 조국, 어떤 관념에 맹렬히 사로잡혀 있다면 우리는 그걸 사랑이라 부를 수 있을까.

그리고 한 집단이 한 집단을, 이름 없는 한 순교자나 영웅을 기꺼이 추앙하는 감정은 사랑이 아니라 말할 수 있을까.

어떤 불가항력성, 그러나 무력해지지 않을 용기, 우리가 가장 나약한 순간 발견하게 되는 작은 위로까지 사랑이라 이름한다면 세상에 사랑 아닌 게 있게 될까.

문득 그게 궁금해졌다. 사랑에 관한 이미지들을 찾아가는 데 있어, 그렇다면 사랑이 아닌 이미지는 무엇일지.

한 친구는 내게 이렇게 말했다. 누군가를 오래 생각하면 마음이 천길만길을 달려 그에게로 가닿는다고. 먼 나라에 있는 그에게 0과 1로 된 숫자의 세계를 통해 메시지를 송신한다는 것은, 아마 그런 것이었을 테다. 그 말을 믿는다. 그러나 안다. 그런 간절함 끝에도 오지 않은 것이 있음을.

오지 않은 것은 영원히 오지 않게 될까.

아직 오지 않았다는 것.

그것은 반대로 생각해보면 오고 있는 중이라는 말이기도 하다. 아직 닿지 않았다는 것은, 그러니 아주 느리게 당신에게 가고 있다는 말.

언젠가 이런 문장으로 시작되는 시를 읽었다.

금요일이 지나면 토요일이 지나고 일요일이 지나고 월요일이 지
나면서 또다시 화요일이 오는 것을 믿을 수 있나요
—이원, 「책을 펴는 사이 죽음이 지나갔다」, 『불가능한 종이의
역사』, 문학과지성사, 2012.

우리가 금요일이라 믿던 것을 끝까지 따라갔을 때, 그런데
그 금요일이 토요일이 되고 일요일이 되고 만다면, 우리가 믿던
것은 사라진 것일까. 이때 믿는다는 건 무엇을 믿는 것이었으
며, 사라진 건 무엇이었을까.
엄마를 따라나선 시장길에서 엄마의 손을 놓치고 서 있던 유
년의 어느 날로부터, 잡았던 손을 놓치는 이미지는 우리에게 영
원히 반복된다. 그 붙잡음이 간절했던 만큼 우리는 낯선 이의
손에 이끌려 새로운 세계로 나아가고, 반드시 잡았던 손을 놓치
고 말 것이다. 정신없는 시장 한복판에서 당신은 또 어린아이가
되어 울지도 모르고, 그때 또다른 누군가 어린 당신에게 손을
내밀 것이다.

지난가을 당신이 약속 시간에 늦었을 때, 어쩌면 당신이 나타나지 않을지도 모른다는 생각이 들었을 때, 나는 혼자 마음을 다스리며 커피를 마시고 있었다. 늦은 밤이 다 되어 나타난 당신은 미안하다거나 왜 늦었는지에 대한 설명 하나 없이 이제 나갈까, 한마디 말을 꺼내곤 내 손을 잡고 앞으로 걸어갔다. 바람이 거센 날이었다. 우리는 오래 알았지만 어떤 사이도 아닌 관계였다. 누군가 내 손을 그런 식으로 잡은 것은 처음이었다. 그렇기에 나는 모르는 손에 이끌려 가는 어린아이처럼 그의 손을 따라갔다. 그는 알지 못했겠지만 눈앞에 다른 세계가 펼쳐지고 있었다.

장뤼크 고다르는 〈누벨 바그〉(1990)란 영화에서 손을 내밀고 잡는 이미지를 여러 번 등장시킨다. 그리고 영화 속 목소리가 말한다.

"기꺼이 원했던 건
손을 내미는 것."

이 말은 이렇게도 들린다. 우리 삶은 결코 돌이킬 수 없겠지만 그럼에도 기꺼이 원했던 건, 손을 내미는 것이었다고. 당신은 한때 당신이 잡았던 어떤 손을 놓친 세계에서 살고 있고, 또 다른 당신은 다른 손을 따라가 그 세계에서 살아가고 있다고. 당신이 새로운 손을 잡을 때마다 새로운 세계가 당도했다고. 이처럼 저버렸거나 잊었다 여긴 당신의 마음들이 세상 어딘가의 사랑하는 이들 곁에 남아서 그들과 오래도록 삶을 누리고, 그 사랑이 스스로 다해가는 것을 바라보고 있을지도 모를 일이라고.

살면서 내가 보고 듣거나 겪은 일을 토대로 글을 쓴다고 생각해왔지만, 그것을 틀림없는 사실이라 할 수는 없을 것 같다. 쓴다는 것은 언제나 과거를 자신만의 방식으로 재편하는 과정이기 때문이다. 그러나 이미지는 이러한 재편의 과정 너머에 있다. 서사가 시간의 질서를 따른다면 이미지는 무시간적이다. (느닷없이 출현하고, 시간의 흐름을 벗어난 자리에서도 성립한다.) 서사를 둘러싼 감정은 변하거나 사라지지만 이미지는 영원히 남는다. 그러므로 감정은 뜨겁지만 이미지는 차갑다.

언젠가 화가 프랜시스 베이컨은 왜 그토록 피 튀기는 잔혹한 장면만을 그리느냐는 평론가의 질문에 이렇게 답한 적이 있다. 흘러가는 삶이 나에게 가하는 폭력이 자신이 그린 그 이미지들보다 훨씬 힘이 세다고. 그에게 그림을 그리는 일은 사람들에게 충격을 주기 위한 것이 아니라 바로 세계에 이미지를 되돌려주는 행위였다. 그것은 일면 세계에 대한 복수처럼 보이기도 한다. 하지만 큰 사랑 없이는 증오도 없다는 것을 우리는 안다.

사랑은 베이컨이 삶에 대해 느꼈던 것처럼 가차없는 힘을 가진 것이기도 하다. 그렇다면 진정한 사랑의 여정을 정신의 모험이라 부를 수도 있을 것이다. 그 힘이 이해할 수 없기에 강력한 만큼 우리의 존재는 통째로 흔들리고 완전히 다른 것으로 바뀌어간다.

*

언젠가부터 내 삶은 나의 것이 아니라 타인과 맞닿은 무수한 기억의 편린들로 채워져 있는 것이라는 생각이 들었다. 그런 이미지들은 하나의 확고한 선으로 나타나지 않는다. 이미지는 돌연히 나타나는 섬광과도 같다. 그 빛은 순식간에 우리의 마음을 강타하여 잠식한 뒤 이내 사라져버린다.

그러나 그런 빛들이 없었다면 삶을 살아갈 수 있었을까.

그런 의미에서 그 빛들의 자취는 내가 캄캄한 삶 속에서 존재할 수 있게 하는 지도와도 같았다.

출퇴근길의 만원 버스와 지하철 안에서, 일이 끝났는데도 집으로 돌아가지 못한 채 방황하며 혼자 많은 시간을 보낸 영화관에서, 한밤의 카페와 술집에서, 돌아와 한 권의 책을 읽으며 나는 가끔씩 그 빛들을 발견했다. 뒷모습으로 사라져간 아름다

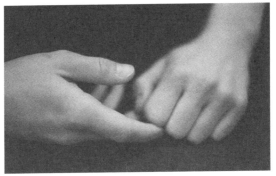

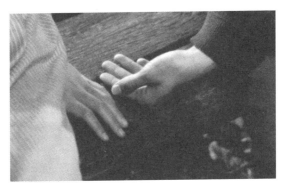

운 연인처럼 내 힘으로 이해할 수 없는 것들은 살면서 자꾸 질문이 되어 돌아왔다. 비록 답할 수 없을지라도 나는 이 희귀한 사랑의 순간들을 어딘가에 잘 간직해두고 싶었다.

야근중인 사무실 책상에서, 극장 안에서, 밤거리에서, 새벽녘의 작은 방 안에서 나는 발표할 기약 없는 이 글들을 십 년간 조금씩 써나갔다. 그러면서 차츰 투명한 응시가 과거를 미래로부터 발견해내는 일임을, 다가올 이미지를 기다리며 무언가를 써나가는 작업, 글을 통해 하나의 이미지를 영속시키는 일이 사랑의 행위임을, 사랑하는 사람이 취하는 하나의 간절한 자세가 될 수 있음을 깨닫게 되었다.

그것이 내게 오늘을 살아갈 힘을 주었듯이, 이 글을 읽는 당신에게도 그러하길 바라며.

이제 내가 겪고 느낀 그날들의 반짝임을 전하려 한다.

갇힌 여인

다큐멘터리 사진가인 다이앤 아버스는 오랜 시간 패션 사진을 찍다가 마흔이 되어서야 자신이 원하는 사진의 길로 들어섰다. 불구이거나 기형인 몸을 가진 뉴욕 거리 사람들에 대한 비밀스러운 관심을 깨달은 뒤부터였다. 그녀는 모피 사업을 했던 부유한 집안 출신이었음에도, 불구인 사람들이야말로 태생적으로 고귀함을 타고난 진짜 귀족들이라고 확신했다.

어린 시절 나는 거의 바깥으로 외출하지 못했다. 책상 앞에 앉아 글을 쓰거나 공부하며 은밀히 품었던 미래는, 언젠가 자신을 구하러 올 누군가를 기다리며 하염없이 머리를 빗는 아름다운 라푼젤의 모습이었다. 라푼젤은 다이앤 아버스를 매혹시킨

저주받은 귀족의 원형적 이미지를 가지고 있다. 사랑을 갈망하는 고독하고 고귀한 존재. 그녀는 유배중이고 매일 밤 닿을 수 없는 먼 세계로 떠나기를 희망한다. 그리고 긴 기다림 속에서 꿈을 꾼다.

황량한 벌판 한가운데 여자가 쓰러져 있다. 그녀는 주저앉은 채 자신이 가야 할 길을 하염없이 바라본다. 그녀의 집은 가까우면서도 무척 멀리 있는 것처럼 느껴진다. 사방은 초록이 없는 적갈색, 주홍색, 흙색뿐이지만 그녀의 옷차림에서 아직 여름이 남아 있다는 사실을 알아챌 수 있다. 그녀는 낮게 머리를 틀어올렸고 무릎까지 오는 흐린 진주조갯빛의 원피스를 입고 있다. 때마침 바람이 불어와 짙은 밤색의 머리칼 몇 올을 흩날리게 한다.

화가 앤드루 와이어스는 메인주 시골에 떠도는 쓸쓸하고도 광활한 미국의 풍경을 그려냈는데, 그 가운데는 〈크리스티나의 세계〉처럼 그곳 사람의 모습을 담은 그림도 있다. 그림은 소아마비로 다리가 불편했던, 화가의 이웃 크리스티나 올슨이 벌판을 기어오르다 멈춰 쓰러진 뒷모습을 보여주고 있다. 올슨은 불편한 몸 때문에 거의 집밖으로 나오지 않았다는데, 와이어스는 그 모습에서 고통만이 아니라 부서질 수 없는 인간성—어떤 아름다움을 엿보았던 것 같다. 와이어스는 그림 속에서 불구인자가 갖는 고독에 기품을 부여했다.

크리스티나는 성치 않은 다리로는 결코 쉽게 다다를 수 없을 자신의 집을 바라본다. 얼마나 걸려 그곳에 도착했을지 알 수 없는 일이다. 이 그림을 본 많은 사람들은 화가에게 그녀의 안부를 묻는 편지를 썼다고 한다.

"내가 1948년에 〈크리스티나의 세계〉를 그렸을 때, 이 그림은 여름 내내 메인주에 있는 내 집에 걸려 있었지만 누구도 특별히 주목하지 않았다. (……) 이제는 전 세계에서 적어도 한 주에 한 번은 편지를 받는데, 보통은 그녀가 어떻게 지내는지 알고 싶다는 내용이다."
— 완다 M. 콘 · 앤드루 와이어스, 『앤드루 와이어스의 예술세계 The art of Andrew Wyeth』, New York Graphic Society, 1973.

*

이 그림 속 여인은 앞선 시대를 살아간 미국 시인 에밀리 디킨슨을 떠올리게 한다. 크리스티나처럼 지병이 있지는 않았지만 약하고 내성적이었던 디킨슨은 평생 자기 의지로는 거의 외출하지 않은 사람이었다. 그녀는 연인 관계를 맺지도, 결혼을 하지도, 아이를 갖지도 않았지만 평생 한 사람을 사랑했으며 그에 관한 시를 썼다. 혼자만의 사랑은 들끓는 것이었다가 죽음과도 같은 고통을 거쳐 마침내 비밀스러운 은총에 다다랐다. 천성적인 부끄러움과 기이할 정도로 고집스러운 기다림이 그녀 사랑의 방식이었다. 생전에 공식적으로 시를 발표한 적이 거의 없었으므로 그녀가 세상을 떠난 뒤 수천 편의 미발표 원고가 책상 서랍에서 무더기로 발견되었다.

연보에는 이렇게 적혀 있다.

1844년 5~6월, 보스턴, 케임브리지, 우스터의 친척을 방문. (그 외에 애머스트 밖으로 나간 경우는 1851년 보스턴으로 동생을 방문, 1853년 가을, 매사추세츠주 스프링필드의 홀랜드 방문, 1854년(?), 1855년(?) 겨울 워싱턴과 필라델피아 방문, 1861년 10월 머들타운, 콘 방문, 1864년 2월, 11월 안과 치료를 위해 보스턴 방문. 1865년 4월(?), 10월(?) 안과 치료를 위해 보스턴 방문.)

1862년 4월, 히긴슨(1823~1911. 미국의 목사이자 작가)에게 문학적 충고를 요청하는 편지 띄움.

1870년 8월, 히긴슨, 애머스트로 에밀리 디킨슨 방문.

1873년 12월, 히긴슨, 두번째이자 최후의 방문.

외출하지 못하는 소녀의 내면에는 어떤 일이 벌어지고 있었을까. 열네 살 소녀 시절부터 물음표로 이어지는 이십여 년의 시간들. 겨우 두세 줄로 압축된 히긴슨의 방문이란 글귀 속에서 한순간, 나는 그 시절 디킨슨의 방안으로 들어선다. 그녀는 상복 같은 검은 옷을 입고 두문불출하는 괴이한 사람이란 소문 속에 살고 있다. 누구도 그녀를 제대로 본 적 없으므로 어느새 그녀는 그 자신의 소문이 되어 있다. 오래된 집에 깃든 유령 같은 존재가.

그녀는 이층 창가에 의자를 두고 앉아 한 방문자를 기다린다. 자그마치 팔 년간 얼굴도 모르는 한 사람을 기다려왔다. 처음 편지를 보냈을 때는 서른둘, 다가올 사랑을 예감하는 동안 어느덧 마흔의 나이가 되었다. (그녀는 히긴슨을 알게 된 1862년 한 해에만 삼백 편이 넘는 시를 썼으며 만남을 기다린 몇 년간 총 천 편이 넘는 시를 썼다.)

그는 오늘 그녀를 찾아와 우편으로 보냈던 시 원고에 관해 이야기할 것이다. 그녀는 이 일을 앞두고 초조해지지 않으려 노력한다. 무릎 위에 책을 펼친다. 그러나 심장은 고동친다. 먼 데서 마차 소리가 들려온다. 그때마다 커튼 사이로 조심스레 바깥을 내다본다. 아무도 오지 않았다. 책을 읽으려 하지만 도무지 손에 잡히지 않는다.

그녀는 아직 오지 않은 사람을 생각한다.

종이 위에, 어린 새의 발자국처럼 섬세한 글씨로 자신이 암송하는 시의 한 구절을 적어본다.

두통이 이는 듯 그녀는 한 손으로 이마를 짚는다. 그때 갑자기 방밖에서, 문 두드리는 소리가 들린다. 그녀는 재빨리 서랍 속에 시를 감춘다.

*

칼 드레이어의 영화 〈게르트루드〉(1964)에는 사랑에 실패한 한 여자가 나온다. 수십 년에 걸친 긴 고독을 견디면서도 그녀는 끝내 그 사랑을 후회하지 않는다. 우리를 향해 열린 문을 닫으며 그녀는 마지막으로 이렇게 말한다.

"언젠가 당신의 방문은 단지 기억이 될 거예요.
때로 우리는 그 기억들을 끄집어내서 그 속에 빠져들겠죠.
나는 이제 막 소멸하는 불을 바라보고 있는 느낌이 들어요."*

---

* 〈게르트루드〉에 대한 삽화는 김성욱의 글 「우리가 사랑한 엔딩신」, 『무비위크』 571호에서 아이디어를 얻었다.

chapter 1

여행하는
사람

노란색 장미 귀걸이

어느 날, 그들은 모국어인 독일어 쓰기를 스스로 포기했다.

그런 뒤 천 킬로미터 넘게 떨어진 스페인 서쪽 끝의 작은 도시로 모여들었다. 가우디가 지었다는 성당이 있는 평화로운 작은 도시. 그 마을은 그 작은 도시에서조차 몇십 킬로미터는 더 걸어들어가야 하는 곳에 있었다. 거기서 그들은 주인이 없거나 명확하지 않은 땅에 임시로 집을 지었다. 심지어 그중 어떤 이들은 그마저도 없이 트레일러나 캠핑카에서 생활을 했다.

그들은 하루에 한 시간만 문 여는 상점을 운영했고 마을로 전기를 끌어들이는 일에 대개 부정적이었다. 한 주에 한 번 열리는 정기 회의에서 그런 중대 사안을 토론한다고 했다. 주인이 누구인지 알 수 없는 코뮌 바에는 'donativo(기부)'라고 적힌 작은 종이 상자가 있었다. 그곳은 코뮌, 말 그대로 자율적으로 운영되는 가게였다. 나는 그곳의 오래된 부엌에서 굳어 있는 설탕과 소금이 담긴 통을 하나씩 열어보았다. 가스불을 켜고 포트에 물을 부어 커피를 끓였다. 바는 한동안 아무도 방문하지 않은 것처럼 보였다. 한쪽 벽에는 집의 모양을 그리고 사람들 이름을 적어넣은 마을 지도가 붙어 있었다.

리처드 브라우티건의 소설 『워터멜론 슈가에서』최승자 옮김, 비채, 2017는 이런 공동체에서 쓰여진 작품이었을 것이다. 매일 다른 태양이 뜨고 다양한 빛깔의 워터멜론이 탄생하는, 그런 워터멜론들로 만들어진 세계에 대한 순진하고도 혁명적인 믿음은 1960년대 그 시절에는 정말로 가능했을 것이다. 워터멜론으로 된 여자, 워터멜론으로 된 집, 워터멜론으로 된 등불. 그리고 강이 흐르는 거실과 주방에서 사람들은 평화롭게 대화를 나누고 식사를 한다. 말도 안 되는 이야기 같지만 그런 이상을 믿었던 이들이 일찍이 혁명을 꿈꾸었고, 그런 이들의 수가 늘어나자 그 꿈은 곧 그들의 삶이 되었다.

나는 내가 읽었던 미국 비트 세대의 문학작품들이 탄생했을 법한 배경을 그곳에서 잠시 목격했다. 「아우성」이란 시를 쓰고 재판에까지 회부되었던 앨런 긴즈버그, 약물중독과 동성애를 소설로 고백한 윌리엄 버로스, 카페인과 암페타민을 엄청나게 복용한 상태에서 히치하이킹한 자동차 뒷좌석에 앉은 감각으로 글을 써내려갔던 잭 케루악. 그들이 원한 것은 궁극적으로 자본주의에 반하는 삶, 다름 아닌 사랑과 자유였다. 그러나 그들의 시대는 갔다. 그들의 믿음은 이제 미치광이의 꿈으로 여겨진다.

하지만 그곳엔 여전히 그런 꿈을 현실로 살아가는 '시대착오적인' 사람들이 남아 있었다. 인터넷으로 검색을 해도 나오지 않는 그곳에서 그들은 스페인어를 쓰며 삼십여 년을 살았다. 독일 사람과 스페인 사람의 얼굴이 섞인 아이들을 낳았다. 작은 학교를 세우고 아이들을 직접 가르쳤다. 아이들은 몇 개의 언어를 쓰는 '나라 없는 사람'으로 자라났다. 그런 선택의 밑바탕에는 뼈아픈 감정이나 사연이 있는 것도, 조국을 저버릴 만한 서글픈 역사가 있는 것도 아니었다. 그 점이 좀처럼 내가 그들을 이해하기 어려운 이유였다.

은빛 머리칼을 가진 아름다운 노부인.

헤어지던 날, 그녀는 다시는 놓아주지 않을 것처럼 나를 껴안았다. 그녀의 목덜미에서는 할머니들에게서 나는 오래된 비누향이 났다. 나는 그녀에게 작고 노란 장미를 선물했다. 그것은 이제 더 쓸 수 없는 귀걸이 한쪽에 붙어 있던 장식이었다. 다음날 귀걸이의 다른 한쪽에서 떨어져나온 장미를 또다른 사람에게 주었다. 그들은 거기에 각기 다른 의미를 부여했지만 그건 떨어진 귀걸이 장식에 불과했다.

나는 첫번째 장미를 준 사람과 헤어진 뒤, 두번째 장미를 준 사람과는 여행을 계속했다. 우리는 누구와도 우연히 사랑하고 이별할 수 있는 위치에 있었다.

이제 그 노란 장미들은 어디에 있을까.

그의 가방

그가 가진 배낭의 무게는 기타를 합쳐 이십오 킬로그램이 넘었다. 보통 사람들은 엄두도 못 낼 무게의 가방을 메고 그는 유럽 대륙을 여러 번 걸었다. 집이 없는 그에게는 이십오 킬로그램의 배낭이 소유한 전부였다. 그래서 그의 짐 중에는 서랍장에 있어야 할 것 같은 희한한 물건이 많았다.

종교철학의 진리에 대해 체코어로 쓰인 자주색 양장본, 각종 조각칼과 연장, 흰 양초와 색연필, 연필을 꽂기 위한 유리병(원래는 잼을 담아두던), 인도에서 온 오래된 향수, 역시 인도에서 온 코끼리 신이 그려진 천, 수많은 사람들의 전화번호가 담긴 몇 년째 정지된 핸드폰, 좋은 기운이 깃들어 있다는 작고 묵직한 돌들.

처음 나는 그의 배낭 속 물건들의 목록을 이해할 수 없었다. 왜 다시 열어볼 수도 없는 핸드폰이 필요했던 걸까. 충전기도 배터리도 없는 그런 기계가.

"열 수만 있다면, 여기엔 내가 알았던 중요한 사람들의 전화번호가 가득 들어 있어."

그는 자신이 남들에게 이상해 보일 거란 사실을 조금은 알고 있었다. 동시에 자기가 그렇듯 누구에게나 설명하기 어려운 소유욕이 있다는 점 또한 알고 있었다.

언젠가 핸드폰이 켜질 때, 세월 때문에 그 속에 든 전화번호들이 전부 사라진다면 "아, 전부 날아가버렸군" 그는 안타깝게 한마디할 것이다. 눈물을 흘린다 해도 그 숫자들은 돌아오지 않는다. 그 숫자가 상징하는 사람들 역시 돌아오지 않을 것이다. 그러나 사랑하는 그들은 어딘가에 있다. 전화를 걸기 이전에도, 걸지 않고 살아가는 동안에도 거기 어딘가에 있다. 그걸 아는 그는, 다시 "인생이란 그런 거야" 하며 기타를 연주할 것이다.

무의미해 보이는 물건들을 소유하려 하고, 그러면서도 소유 자체에 큰 의미를 두지 않는 그의 습관이 무척 고집스럽게 느껴졌다. 그렇다면 삶에서 소유할 만한 가치가 있는 건 어떤 것일까. 꼭 가져야 하는 것과 버려야 하는 것 사이에는 어떤 간격이 놓여 있는 걸까. 서랍 속에서만 빛나는 진주 목걸이와 아무렇게나 끼고 다녀서 녹이 슨 반지 사이에는.

그 질문을 생각하면 스페인 산티아고에서 있었던 일을 떠올리게 된다.

오래전, 프랑스 접경지대에서부터 성 야곱의 유해가 묻혔다는 스페인 서북단의 도시 산티아고를 잇는 팔백여 킬로미터의 순례길을 걸은 적이 있다. 그곳에서는 백 킬로미터 이상 걸어서 순례했다는 사실을 증명하는 이에게 콤포스텔라란 이름의 증명서를 준다. 나는 여행의 마지막날 산티아고 공문서 발급 사무소에서 담당자와의 몇 가지 문답을 거쳐 라틴어로 된 문서를 받았다.

그날 산티아고 수도원에서 만난 이탈리아 여인에게 들은 이야기는 놀라운 것이었다. 그녀는 나와 달리 증명서를 발급받지 않았다 했다. 다음날에도 그것을 받지 않을 것이며 아침이 오면 지체 없이 고향 로마로 돌아갈 거라 했다.

"이제 내 나이 육십이랍니다. 그걸 받아서 무엇 하지요? 증명을 받는다는 건 잠깐은 기쁜 일이겠죠. 하지만 그 종이쪽지는 금세 책상 서랍 속에 처박힐 거예요. 신에 대한 믿음과 사랑을 그 종이가 대신할 수 있다고는 생각지 않네요."

산티아고 대성당에서는 매일 미사의 끝에 사제가 증명서를 발급받은 순례자의 이름을 호명하며 신의 축복을 내렸다. 그러나 정작 나는 내 이름이 불리는 것조차 알아듣지 못했다. 그녀의 말대로 여행에서 돌아오자 그 종이는 다시는 꺼내보지 않는 하나의 전리품이 되었다.

여행하는 사람들은 때로 이상할 만큼 사치스럽다. 말린 아몬드와 오렌지가 들어간 벨기에식 초콜릿을 사는 데 오 유로를 쓰고, 담배를 빌리는 부랑자에게 몇 개비 피우지 않은 담뱃갑을 통째로 건넨다. 믿을 수 없는 사람에게 기부를 하고 모르는 사람에게 느낌이 통한다는 이유만으로 커피와 크루아상을 사기도 한다. 언젠가 뮌헨에서 온 여인에게 새벽 다섯시의 샤를드골 공항에서 내가 받았던 호의처럼.

그도 그랬다. 이해할 수 없는 곳에 돈을 쓰고, 이해할 수 없는 데 돈을 아꼈다. 갖고 있는 돈 전부를 누군가에게 빵을 사주는 데 쓰고, 배가 고파졌을 때쯤 그게 마지막 동전이었다며 웃어 보이는 식이었다. 내일을 생각하며 살아가는 나의 감각으로는 이해할 수 없는 일이었다. 하지만 그의 말이 틀리지만은 않았다. 오늘의 빵을 아껴둔다 해서 내일의 가난이 영원히 해결되는 건 아니라는 것. 어떤 선택도 근본적으로 미래를 바꿀 수는 없다는 사실이 삶에 대한 그의 태도를 결정지었다.

그의 조국인 체코의 수도 프라하는 아름답지만 거리엔 거지가 가득한 도시였다. 거리 사람들은 대개 마약이나 술에 찌들어 있었다. 피자나 케밥을 파는 가게 근처 쓰레기통 옆에 서서 사람들이 먹던 음식을 버리기를 기다리고 있었다. 그러다 돈이 생기면 다시 약을 샀다. 프라하 사람들은 거리에서 사는 사람들의 생활 방식을 혐오하는 듯했다.

그곳의 의료보험제도와 법제에 대해 간략히 듣고 난 다음, 그들이 사회로부터 모든 죄를 구제받지 않는 한, 정상 생활로 돌아가는 건 불가능하다 느꼈다. 그 나라 의료보험은 의무 가입 제도였기 때문에 의료보험료를 내지 않으면 밀렸던 보험료에 이자가 붙고, 또 이자에 이자가 붙어 감당할 수 없는 빚이 생겨난다. 국가에 신고되어 있는 직장에서 일을 한다면 월급은 그만큼 차압될 것이다. 하루종일 구걸로 돈을 모은다 해도 집을 살 수는 없는 일이었다. 도시의 삶을 쫓아가기에 그들이 메워야 할 구멍은 너무 컸다. "일을 아무리 열심히 해도 급여 대부분이 차압되는 직장에서 왜 다시 삶을 시작하려 하겠어?" 그는 냉소적인 태도로 말했다.

그는 스무 살 때 승차권이 없다는 이유로 전차 감시원에게 적발된 적이 있다. 원래 전차 한 구간을 탈 수 있는 승차권값은 십 크라운 남짓, 그런데 벌금은 오백 크라운 정도 되었다. 승차권값의 수십 배였다. 그는 돈이 없다 말하고 경찰서에서 풀려나왔다. 하지만 이자에 이자가 붙은 벌금 독촉장은 해마다 날아왔다. 내가 이해할 수 없는 글자로 된 그 공문서의 내용은 열 배도 더 늘어난 벌금을 갚으라는 내용을 담고 있었다. "평생 보내라지, 난 갚지 않을 테니까." 그는 씩 웃어 보이며 가장 마지막으로 받은 독촉장을 보여주었다. 점점 늘어나는 숫자가 기입된 이 이상한 편지는 그가 없는 주소로 계속 배달될 것이었다.

그는 대부분의 정보가 지워진 신분증 한 장만을 갖고 있었다. 유럽연합 국가의 영주권을 가진 사람이라면 그 안에서는 여권이 없어도 자유롭게 움직일 수 있기 때문이다. 그의 아이디카드는 막 성인이 되었을 때 만든 낡은 것이었다. 오래된 사진, 벗겨진 코팅, 몇 개의 숫자. 소유와 확실함을 들먹였지만 국가가 개인을 증명할 방법이란 그게 전부였다.

그런 이유로 그는 여행자의 사치를 부린다. 번 돈 전부를 털어 커피를 사 마시고, 집 대신 추위를 막아줄 두터운 군용 점퍼를 산다. 모든 중요한 것들을 소유하기를 거부하고 가장 어이없는 것들을 짊어지고 길을 떠난다.

자신이 태어난 도시를 그리워할 거면서, 멀리 떨어진 스페인의 외딴 바닷가로 떠난다. 그곳에서 만나는 낯선 사람들에게 매일 프라하의 아름다움에 대해 설명하지만 그는 그 도시로 돌아가지 못한다. 그에게 조국은 멀리서 그리워하고 바라보는 곳이다. 그는 자신이 그렇게도 사랑하는 그의 나라에서 살아간다면 더할 수 없이 그곳을 증오하게 되리라는 걸 잘 알고 있다.

그는 떠들썩한 이들이 사라진 밤의 프라하를 걷는 순간을 사랑한다. 가난함과 더러움, 사람들의 시선, 그러한 모든 것이 어둠에 가려져 익명이 되는 그 시간. 가난도 더러움도 없이 누구나 밤의 열기에 들떠 폭죽을 쏘아올리는 블타바 강가의 산책을 좋아한다. 모르는 사람에게 기대어 담배를 나눠 피우는 시간을, 길가에서 바이올린을 켜는 이름 없는 음악가와 공원에서 저글링을 연습하는 젊은이들을, 저녁 시간에 가면 만날 수 있는 친구들이 있는 카페를 잊지 못한다.

하지만 새벽이 오고, 순간이 다시 흐르기 시작하면 그는 견디지 못한다.

사랑을 잃어버리기 전에 다시 길을 떠나야만 한다.

한 켤레의 신발만을 소유한

여행하는 사람. 그에게 신발은 아주 중요한 것이다.

평생을 여행한 사람은 자신의 물건을 소중히 여긴다. 떠돈다는 점에서 세상은 부랑자와 집시를 같은 유형으로 보지만, 사실 그들은 본질적으로 다른 부류다. 자신의 삶을 돌보지 않는 사람과 정착하지 않는 사람이 엄연히 다르듯이. 그 차이는 신고 있는 신발에서부터 드러난다. 부랑자의 신발은 그저 낡아 있고, 집시의 신발은 오래된 것이라 하더라도 깨끗하게 손질되어 있다.

부랑자의 눈을 들여다보면 그 속이 텅 비어 있다는 걸 쉽게 느낄 수 있다. 오랜 구걸로 인해 지친 눈빛은 우리를 두렵게 한다. 그들의 눈빛이 마치 인간이 인간임을 증명할 수 있는 최후의 것을 버린 듯한 인상을 주기 때문이다. 그와 다른 의미에서 사람들은 집시를 두려워한다. 기꺼이 집을 버리고 세상을 떠돌기를 선택한 존재들. 집시들의 눈빛은 야생동물처럼 살아 있다. 그들은 아무것도 가지지 않음으로써 세상의 논리에 지배받지 않는다. 그럼에도 자신이 누구이며 어디로 가야 하는지 결코 잊지 않는다. 그 사실을 잊는 순간엔 단지 부랑자가 될 뿐이란 사실을 떠올리면서.

그도 그 사실을 아는 소수의 집시 가운데 하나였다. 그는 여러 여자에게서 아이를 얻었지만 그 여자들은 다른 남자를 아이의 아버지로 택했다. 그의 아이들은 평범한 엄마를 따라 보통의 세상에서 살아갈 예정이었으므로 그는 진정한 후손이 없는 그의 세대 마지막 집시이기도 했다.

그는 은행에 돈을 저축하는 삶을 이해하지 못했다. 이해력이 부족해서가 아니었다. 돈에 대한 감각을 지닌 삶과 저축하는 삶은 전혀 다른 세계라는 걸 그를 보며 알게 되었다. 그는 저축이 어떤 것이고, 은행이 어떤 역할을 하는지, 이를 통해 경제가 어떻게 움직이는지도 알겠는데 자신은 도무지 거기 참여할 수 없다고 했다. 웨이터로 일하며 손님에게 계산서를 건네기도, 찻집에서 출납대장 쓰는 일을 하기도 했지만 저축은 수학적인 사고와는 다른 삶의 양식이었다.

그에게 '지금, 여기'에 대한 감각이 부재한 상태란 죽음과 마찬가지였다. 그럼에도 그는 그의 언어 능력, 사람에 대한 직관을 높이 평가한 어떤 이의 호의로 국제 구호 기관에서 잠시 일한 적이 있다고 했다.

"비행기를 타고 공항에 내려. 누군가가 보내준 좋은 차를 타고 특급 호텔에 가. 그런 다음 똑같은 양복을 차려입은 예의바른 사람들을 만나고 성대하게 차려진 음식을 먹고 그다음에야 잠깐 회의를 하는 거야. 매번 일은 그런 식이야. 그리고 그 회의에서는 결국 아무도 구하지 못하지. 거기 앉은 사람들은 자신들이 구해야 하는 사람들이 어떤 삶을 사는지 모르는데다 사실 관심도 없거든. 계속 그렇게 살 자신이 없었어. 그건 잘못된 거라고 느꼈어. 그렇다면 그쯤에서 멈춰야 했어. 나는 회의가 끝난 어느 날, 그들이 준 돈으로 산 어색한 양복을 벗고 호텔을 빠져나왔지. 그러곤 지금처럼 사는 거야."

학교를 다닌 적 없지만 거리에서 주운 책으로 몇 개의 언어를 자신의 말처럼 익혀나가는 사람. 역사를 배우지 않았어도 보헤미안의 전통과 옛 노래를 몸으로 체득한 사람. 숲에서 빠른 길을 찾기보다 주머니칼로 가지를 치며 새로운 길을 내다가 도중에 길 잃기를 선호하는 사람. 부랑자나 마약중독자들 사이에서 잠을 청하고, 그들에게 담뱃불을 빌려주고, 옛 애인과 친구들의 도움을 아무렇지 않게 받아 살면서도 절대 타인의 물건만은 훔치지 않았노라 당당히 말하는 사람.

무엇보다 인간됨과 그렇지 않음 사이에서 아직까지 인간임

을 놓지 않은 사람.

그러니, 그럼에도, 아직 무엇으로도 추락하거나 전락하지 않은 사람.

그는 어딘가로 떠나기 전 날이면 언제나 동물 기름으로 된 투명한 구두약을 꺼냈다. 그러고는 스페인에서 구입했다는 값싼 군화를 칫솔로 정성스럽게 닦았다.

*

오늘날 바람둥이의 전형으로 기억되는 카사노바는 사실 방탕함 때문이 아니라 자유를 갈망했기에 고향에서 추방당했다. 그는 세상이 용인하지 않는 형태의 사랑을 선택했으며 그것을 포기하지 않았기에 떠도는 운명을 부여받은 존재다. 사랑이 그의 종교이고 신념이라는 점에서, 영원한 방랑자일 수밖에 없는 카사노바의 삶은 사실 집시의 그것과 닮아 있다.

창문을 걸어 잠근 채 한낮의 빛에 드러나기를 거부하는 자, 어두운 방에 틀어박혀 연인의 육체를 탐닉하는 자, 돈이나 명예도 뒷전으로 한 채 세상을 탈주하는 자, 그럼으로써 세상 사람들로부터 손가락질 받는 자…… 사랑하는 자는 한 켤레의 구두만을 소유한 사람이며, 더이상 어디로도 물러설 곳이 없는 사람이기도 하다. 그렇기에 그는 기꺼이 세상과 불화하는 운명을 지닌다.

세상 사람들이 돈을 벌어 집을 사고 저축하는 동안 그는 빵을 사 먹고 담배를 피운다. 날 때부터 교육받지 않았기에 돈 모으는 법을 알지 못한다. 하루하루의 행복을 좇고 그 이상은 생각지 않는다.

세상 사람들은 평생 모은 재산으로 농장이나 집을 소유하고 그곳의 작고 아름다운 정원에서 일생을 보낸다. 그러나 집시들은 모르는 곳을 떠돌다 우연히 발길이 닿은 곳에서 잠시 머물며 일한다. 천장이 없는 드넓은 초원에서 잠들고 작은 빵조각을 먹는다. 아무것도 소유하지 않은 그들은 때로 아무도 모르는 곳에서 병들어 죽는다.

이탈로 칼비노의 소설 『보이지 않는 도시들』이현경 옮김, 민음사, 2007을 읽다가, 황제가 한 번도 자신이 통치하는 도시들을 가보지 못했다고 하는 대목에서 놀라움을 느낀 적이 있다. 위대한 황제 쿠빌라이 칸은 자신의 궁전에 앉아 여행자 마르코 폴로가 들려주는 이야기를 들을 수 있을 뿐이다. 그는 원대한 제국을 소유했으나 결코 그 도시들에 가닿지 못한다. 이방인 마르코 폴로가 들려주는 도시 이야기는 마치 꿈이나 소문처럼 아득하기만 하다.

자신이 만든 제국 안에서 스스로 죽어가는 한 운명과, 자유를 누리며 세상을 떠돌다 성밖에서 죽어가는 또다른 운명.

우리의 운명은 어느 쪽에 더 가까울까.

자기 자신과 여행하는 사람

"네가 섬에 남겨졌어. 그런데, 오직 한 사람과만 지낼 수 있다면 누구를 선택하겠어?"

우리는 나란히 창 쪽을 바라보고 서 있었다. 날이 어두워 유리창 위로 그의 얼굴이 비쳐 보였다. 검고 긴 머리에 얼굴 빛깔도 검은 편이었다. 이따금 낡은 전차가 커브를 돌 때 덜컹이는 소리가 들렸고 그때마다 차창에 비친 그의 얼굴도 흔들렸다.

내가 대답을 망설이자 그가 말했다.

"나 자신. 자기 자신으로 있는 것. 그보다 중요한 것이 있을까? 나는 내가 누구인지, 내가 무엇을 원하는지 정확히 알거든. 나는 내가 만난 사람들 그 누구보다 자기 자신을 믿고 의지하는 사람일 거야. 내가 그들을 제대로 이해했는지는 모르겠지만 아직까지 나보다 자기를 강하게 믿는 사람을 만난 적이 없어."

마음이 서늘했다. 자신으로 살아가는 게 싫어서 다른 이에게 마음을 기댄 적이 있다. 순간순간 그것은 나를 둘러싼 모든 사람을 향한 것이었다. 어쩌면 대상에 관계없는 문제였는지도 모른다. 나는 흔들렸고 그러나 그들은 내게 오지 않았다. 그들은 그저 꿋꿋하게 자기 자신으로 거기 서 있었다. 그들에게 나를 기울이면서 스스로를 빼앗기고 있다고 생각했다. 그렇기에 내가 사랑하게 된 사람들은 결국 나를 견딜 수 없어했다. 내가 없었기 때문에 내가 믿는 그 사람이 나의 전부였다. 그것이 사라지면 늘 나도 사라졌다. 그래서 나는 언제나 자신에게 버림받았으며, 단 하나의 사랑을 줄 수 있을 누군가에게서 나의 핵심을 찾기 위해 헤매었다.

바깥은 비가 내리고 있었다. 비 오는 날이 싫다고 하자 그가 말했다.

"어릴 때 비가 오는 날이면 아무것도 가진 것 없이 숲길을 걸었어. 냄새를 맡았고, 자유를 느꼈지. 태어난 순간부터 나는 내가 원하는 것을 알았어. 많은 사람들은 여전히 자신이 무엇을 원하는지 몰라. 난 그저 누구보다 내가 원하는 걸 잘 알았어. Nothing to lose. 아무것도 잃어버릴 게 없는 자유. 우리에게 중요한 게 뭐겠어? 자유. 그게 좋은 것을 입고 맛있는 걸 먹는 것보다, 돈보다, 사랑하고 얽매이는 것보다 중요해. 난 너에게 그저 내가 알고 있는 것들을 보여주고 싶었어. 그리고 그게 내가 약속한 전부야. 넌 더 많은 사람들을 만나야 해. 그리고 그들이 널 떠나기 전에 네가 먼저 떠나야만 해. 그런 경험을 더 많이 해야만 해."

*

프라하 11구역을 어떤 이들은 언더그라운드라 불렀다. 그는 이 구역 남자들은 험하고, 그들만의 법을 가지고 있다고 했다. 어디에 적혀 있지 않은 룰을.

밤의 공원에서는 가끔 이름 없는 축제가 열렸다. 작은 축제가 있는 날이면 소리소문 없이 사람들이 모여들었다. 불을 붙인 봉으로 저글링을 하는 젊은이들이었다. 정해진 날짜가 있는 게 아니었지만, 그곳에 가면 그들이 있었다. 그들은 음악을 틀고, 큰 유리병에 든 와인을 나눠 마시고, 가로등이 거의 없는 공원에서 춤을 추었다. 그중엔 프라하에 살지만 체코어를 못하는 외국인 커플도 있었고 찻집에서 아르바이트를 하고 화학을 공부하는 스물두 살 된 여자와 체코항공에서 일하는 스물일곱 된 남자도 있었다. 항상 트라이포드를 매단 좋은 사진기로 그들의 사진을 찍는 뚱뚱한 남자도 있었다. 거기엔 늘 처음 만났다고는 믿기지 않을 만큼 친밀한 대화를 나누는 사람들이 있었다.

낮에 만나면 평범한 사람들일 뿐이었다. 하지만 밤에는 달랐다. 목소리가 높아졌고 몸이 무거워도 날개를 단 것처럼 움직임이 가볍고 재빨랐다. 그들 모두를 묶어주는 관심사, 다른 세계의 삶이 바로 그 밤에 있었다.

한번은 캄캄한 밤에 축제를 보기 위해 공원으로 가다 길을 잃었다. 수년 전에는 공원을 향해 났던 길에 커다란 아파트 단지가 들어선 것이다. 그는 길을 잃을 때면 항상 더 침착한 태도를 취하거나 길을 잃었다는 사실에 기뻐하면서 그 상황을 즐겼다. 여느 때보다 재빨리 걸으며 "아, 우리 길을 잃었네. 우리가 어디로 가고 있는지 알아?" 하고 능청스럽게 묻는 식이었다.

언젠가 그가 가지고 있던 전자 기타를 팔아 돈을 마련하려고, 전에 알던 중고 악기 가게를 찾은 적이 있다. 하지만 그 가게들은 모두 문을 닫거나 다른 가게가 되어 있었다.

"세상 사람들 눈에는 내가 한참 돌아가고 있는 것처럼 보일 테지만, 나는 누구보다 내 안의 핵심을 향해 정면으로 달려가고 있어. 몇 년 전에는 통하는 길이 있었는데…… 여기, 이 훌륭한 아파트는 수십 년은 이곳에 서 있던 것만 같네. 불과 일이 년밖에 안 됐을 거야."

"너 여기 살았던 게 맞아? 네가 알던 프라하는 모든 게 변했어."

우리는 공원으로 통하는 길을 찾지 못해 비슷비슷한 길을 한참 맴돌았다.

"내가 삶을 선택한다고 생각해?"

그가 자기 질문에 바로 말을 이었다.

"아니, 난 삶을 선택하지 않았어. 선택할 수 없었어. 이건 신으로부터 주어진 일종의 의무 같은 거야. 가진 것 없이 끝없이 여행하는 것. 넌 행복하게 살고 싶니? 내가 행복하다고 생각해? 신으로부터 내게 주어진 이 의무가 끝나는 날까지…… 나는 이렇게 떠돌며 살 수밖에 없어. 이 삶은, 이 세상은 너무나 더럽고 고통스러워. 하지만 그래서 나는 이 삶을 너무나 사랑해."

끝과 시작

한번은 지하철 안에서 꼬마 여자아이를 만났다. 나는 앉아 있었고 아이는 엄마와 손을 잡고 내 앞에 서 있었다. 그애는 앉 기보다 서 있기를 좋아했다. 누군가의 시선 속에서 빙그르르 춤 추기를 바랐던 것 같았다. 아이들은 신기하게도 누군가 자신을 바라보는 걸 알고, 그 시선 속에서 움직인다.

나는 당신이 나를 쳐다보고 있는 것을 알아요.
나는 그 눈빛을 받으며 춤을 추고 싶어요.

예쁜 아이라서 아이의 엄마 얼굴을 보았다. 그녀는 늙은 얼 굴을 하고 있었다. 실제 나이 때문이 아니라 젊은 나이이지만 늙어 보이는 그런 얼굴. 아이는 엄마의 다리에 매달려 엄마의 얼굴을 쳐다보았고 엄마는 아이의 얼굴을 들여다보았다. 당연하게도 아이가 엄마를 좋아한다. 그애는 엄마의 얼굴을 바라보지만 엄마가 어떤 얼굴을 가지고 있다는 것을 알까.

한밤중 독일에서 히치하이킹을 할 때였다. 전날은 스트라스부르에서 삼십 분 정도 동쪽으로 움직였으니까 아마 슈투트가르트 고속도로변의 주유소였던 것 같다. 새벽 한시가 넘은 그 늦은 시각, 낯선 우리를 흔쾌히 태워준 사람은 젊은 독일 여자였다.

혼자 주유를 하러 차를 세운 그녀를 향해, 나는 프라하까지 간다고 말을 걸었다. 베를린이나 드레스덴 쪽이면 중간까지 태워줄 수 없는지 물었다. 그녀는 난감한 표정을 짓더니 잠깐 기다리라고 했다. 그녀를 기다리던 순간은 조금 슬펐다. 기다리라는 대답을 거부로 이해했기 때문이었다. 그러나 마트에서 나온 그녀는 우리를 차로 데려갔다. 난감한 건 자신이 아니라 우리일 거라고 생각하는 듯했다.

그녀가 우리를 선뜻 차에 태우지 못하고 망설이던 이유를 차문을 열고서야 알 수 있었다. 뒷좌석에 다섯 살 난 남자아이가 잠들어 있었던 것이다. 엄마인 그녀는 우리의 짐을 트렁크에 싣게 했다. 아이를 안아 앞좌석에 앉게 하고, 아이 때문에 말끔하지 못한 것을 미안해하며 뒷좌석 문을 열어주었다.

어두운 고속도로를 한참 달리다가 그녀가 쉬어가지 않겠느냐고 물었다. 잠시 내렸던 주유소의 이름은 기억나지 않는다. 다만 이층에 있던 식당으로 우리 모두가 올라갔고, 그녀가 아이를 위해 감자튀김을 주문했던 것, 그리고 아이가 한마디도 없이 가만히 서 있었던 것을 기억한다. 그러나 그때까지도 나는 두 사람의 문제가 무엇인지 알아채지 못했다.

그곳을 떠나기 전 그애가 내게 가까이 다가왔다. 그리고 한참 동안 나를 바라보았다. 내가 손을 잡았다. 그애가 미소를 지었다.

그녀는 아이에게 감자튀김을 먹지 않겠느냐고 독일어로 물었고 아이는 고개를 젓기만 했다. 그녀는 한두 개를 집어먹고는 내게도 먹기를 권했지만 나 역시 아무것도 먹지 않았다. 그녀는 스모키 메이크업에 날렵한 청바지 차림의 당당함이 사라진 얼굴로, 아이가 자폐라고 말했다.

차에 타기 전 어둠을 걸어가는 동안, 그녀는 전 남자친구에게서 저 아이를 낳게 되었으며 지금은 그와는 헤어졌고 결혼 없이 다른 남자친구와 지낸다고 했다. 담담하게 말하는 듯했지만 슬픔을 참으며 울먹이는 목소리임을 느낄 수 있었다. 그녀는 아이에게 보통의 가정을 줄 수 없다는 사실이 미안하고 그 때문에 아이가 저런 질병을 얻게 된 것은 아닌가 자책이 든다고 했다.

'자폐'라는 하나의 보편적 단어와, 현실에서 마주하는 하나의 눈빛 사이에 전달 불가능한 것이 있었다.

우리는 더 말을 하지 않았다. 어둠 속, 한 시간을 차로 달렸다.

*

침묵 속에서 우리는 어떤 장면을 향해 거슬러올라갔다. 그곳에서 우리 자신을 존재하게 했던 기원에 관한, 단 하나의 장면을 마주했다.

비탄에 빠진 동정녀 마리아와 그녀의 사내아이.

어쩌면 우리는 우리에게 예비되어 있는 사랑의 이미지를 우리 자신에게서 나타나게 하기 위해 살아가는지도 모른다.

그애가 내게 다가와 손을 잡고 눈을 들여다보았던 걸 기억한다.

사랑의 기원에 그것이 있다.

그것만이 전부인지도 모른다.

chapter 2

기다리는
사람

안부를 묻는 일

그런 밤이 있다.

왠지 편지가 오지 않았을까 생각하게 되는 밤. 작은 쪽문을
열고 세탁기 위, 어떤 우편물도 놓여 있지 않음을 확인하는 밤.
카드 고지서를 들고 계단을 올라가 이내 그걸 구겨버리는 밤.
다시 그것을 펴보며 기억나지 않는 커피숍에서 커피를 마시고,
기억나지 않는 사람과 밥을 먹었던 기록을 확인한다. 그건 어떤
날이고, 또 누구였을까.

가만히 누워 천장만을 바라보는 밤.

마음속으로 당신에게 편지를 쓰다가 지우는 줄을 긋고, 다시
긋는다. 긋고 또 긋다보니 붉은 선들이 뭉친 더미가 면이 된다.

그건 내가 매일 같은 곳의 서류 앞으로 출근하던 자유로다. 줄을 선 많은 사람들이 뒤통수를 보이며 끊임없이 앞으로 걸어가기만 하던 아침 여덟시다. 그 아침은 이 삶이 우리를 향해 칼처럼 단호하게 수직으로만 선을 내리긋는다 느끼게 했다.

단 한 번도 지우개를 가진 적이 없었다. 생의 핵심을 그린 적도 없었지만 지우고 싶은 것들을 마음껏 지울 수도 없었다. 그런데 그걸 그린 캔버스는 어디에 있을까. 분명 우리는 매일 쉼없이 어딘가를 오갔는데 그건 어떤 지도에도 표시된 적이 없다. 눈길 위에 새겨진 바퀴 자국, 차창에 부딪힌 새의 주검. 분명 우리는 지운 적이 없었다.

아침 여덟시의 우리는 마치 어제를 잊은 것처럼, 단 한 번도 선을 그어본 적 없는 얼굴로 통근 버스를 기다린다. 그러나 나는 안다. 매일 선을 긋고는 찢어버렸던 오늘의 스케치들, 그걸 다 모아둔 커다란 화구통이 세상 어딘가에 있다는 걸. 그걸 펼치면 평생에 걸친 우리 삶도 울퉁불퉁한 하나의 선으로 나타날 뿐이라는 걸.

그런데 그 그림을 걸 수 있는 크기의 방은 세상 어디에도 없다. 그래서 매일 밤 그 방의 존재를 잊기 위해 우리는 잠들고 다시 아침에 눈을 뜬다.

마크 로스코의 그림은 우리가 언젠가 마음속에서 수없이 쓰

고 또 지웠던 편지들을, 기록되지 않은 삶의 궤적을 떠올리게
한다. 그의 그림에서는 흔들리지 않으려 애쓴, 그러나 흔들리는
한 사람의 내면이 강렬하게 다가온다. 로스코는 항상 커다란 캔
버스에 그림을 그렸다. 큰 그림은 한 번에 들여다볼 수 없으며,
그리고 보는 사람 모두 그 속에 있어야 그림을 경험할 수 있다.
그는 그만큼 따뜻하고 친밀한 사람이 되고 싶었기 때문에 큰
그림을 그렸다고 한다. (실제로 그의 그림을 전시하는 방에는
대개 쉬었다 갈 수 있는 긴 벤치가 놓여 있다.) 반대로 그는 작
은 그림을, 기억의 바깥에서 그것을 조망하듯 들여다볼 수 있는
사람의 것이라 생각했다.

*

언제나 당신에게 보내지 못한 편지는 잘 지내나요, 로 시작
한다. 당신이 내게 짧은 메시지를 보낼 수밖에 없는 것처럼 나
도 당신에게 잘 지내냐고만 묻는다. 마음속 사전을 뒤져 어떤
단어를 쓰는 게 좋을지를 궁리하지만 우리의 끊는점과 어는점
이 하나의 선을 그을 뿐이듯 결국 그 모든 단어의 총합은 하나다.

잘 지내나요.
저는 잘 지내고 있습니다.

편지는 누구에게 보내든, 늘 그렇게 시작되고 끝난다.

안부를 묻는 일.

생각해보면 그렇다. 누구에게나 그런 희귀한 마음이 생겨난다. 받는 사람과 보내는 사람은 제각기 다를지라도. 그 이름자들, 우리 자신의 존재를 지우고 나면 편지들에서는 이상한 것이 읽힌다.

동일한 것이 읽힌다. 보내는 사람은 받는 사람을 위해 편지를 썼겠지만 메시지만을 읽어본다면 꼭 그 사람이 수신자가 아니어도 되는 기이한 전이.

안부를 묻는 일.

하나의 메시지를 전달하는 일.

똑똑, 문을 두드리고 다른 세계로의 진입을 간청하는 일.

당신을 사랑해요, 란 말에 대해 나도 당신을 사랑해요, 라는 답을 듣길 바라는 한 사람을 떠올려본다. 두 개의 진술은 실제로 아무런 연관성이 없다. 저는 잘 있어요, 라는 언술 안에는 듣는 상대가 어찌할 수 없는, 말하는 존재의 상태가 내포되어 있을 뿐이다. 그것은 들어와도 된다는 승인과, 상대가 읽었다는 끄덕임과, 하나의 답장과는 무관한 일일 수 있다. 그러나 쓰는 사람은 어쩔 수가 없다.

그러니, 그럼에도, 다시 묻는다.

잘 지내나요.

아직도 밤에 누군가에게 편지를 쓴다. 잘 지내는지 묻고 잘 지낸다고 말하는 편지를. 때로 더 마음을 담은 일기 같은 편지를. 답장이 오지 않는 더 많은 순간이 익숙해질 때면, 누구도 답할 수 없는 질문을 했다는 사실을 깨달으며.

청중을 고려하지 않는 연주를 하는 음악가들이 있다. 독자를 고려하지 않는 까다로운 작가들이 있다. 그들은 사랑받기 위해, 듣는 이를 거짓으로라도 이해시키려는 노력을 기울이지 않는다. 독자나 평단이 아니라 철저히 자기 자신을 위해 무언가를 남긴다. 그저 고독 속에서 존재하기 위해 노력한다. 그들의 메시지는 쉽게 전달되지 못한다.

그럼에도 그들은 메시지를 발신하는 일 자체를 멈추지 않았다.

나는 당신에게 안부를 묻는다.
그것의 자기 지향성과 그것의 고독함과 그것의 간절함과 그 자체의 인간성과 아름다움을 오해하면서, 그럼에도.

밤의 카페에서 만날 수 있는 것

늦은 밤, 잠들지 않은 한 남자가 있다. 집에는 문패가 없다. 자신의 이름을 지워버렸기 때문이다. 사람을 잘 만나지 않는다. 그런데 가끔 전화를 거는 친구가 있다. 그는 가까이 있는 사람에게 말 걸기보다 장거리전화를 하는 쪽을 택한다. 멀리서 들려오는 누군가의 아련한 목소리를 듣는 걸 좋아하기 때문이다. 그렇게 전화 통화로 한두 시간을 훌쩍 넘기기도 한다. 전화를 하지도, 라디오를 듣지도 않는 밤이면 차를 달려 어디론가 향한다.

자정이 넘은 시각. 그가 닿은 곳은 국도변에 있는 이름 없는 카페다.

남자는 그 앞에 차를 세운다. 헤드라이트가 꺼진다. 이윽고 유리로 된 카페 안이 환히 들여다보인다. 한 쌍의 연인이 바 앞에 앉아 있다. 여자는 붉은색 원피스에 금발이고, 남자는 어두운 빛깔 정장에 중절모를 쓰고 있다. 흰색 세일러복을 입은 카페 주인은 손님과 가벼운 이야기를 나누고 있는 것 같다. 그러면서, 몸을 조금 숙인 채 바 안쪽에서 뭔가를 꺼내고 있다. 사방이 캄캄한 밤. 불빛을 내는 건 오직 그곳뿐이다. 창밖의 그는 안쪽을 잠시 바라본다. 그의 이름은 글렌 굴드이고 피아니스트다.

이제 그가 문을 열고 들어간다. 건장한 카페 주인은 이 왜소한 남자를 알아보지 못한다. 밤의 카페에서 그가 얼마나 유명한 사람인지는 중요하지 않기 때문이다.

늦은 밤, 혼자 차를 달려 국도변의 카페에서 커피를 마시는 글렌 굴드의 습관은 에드워드 호퍼의 그림을 떠오르게 한다. 마치 호퍼의 그림 〈밤의 사람들〉 어딘가에 그가 들어 있는 것처럼 느껴지는 것이다. (호퍼가 이 그림을 그린 것은 1942년이고, 그때 굴드는 열 살 남짓한 소년이었을 것이다.) 그는 눈부신 실내등 밑을 성큼성큼 걸어 연인들의 등뒤를 지나친다. 잠시 침묵했던 카페의 세 사람은 다시 이야기하기 시작한다. 굴드는 바한쪽에 자리를 잡고 그들 모두와 조금 떨어져 앉을 것이다. 이 그림을 보는 우리에게조차 등 돌린 모습으로 말이다.

글렌 굴드는 철저히 고립된 사람이었다. 밥을 먹거나 커피를 마시고 싶을 때면 차를 한참 달려 변두리의 한적한 바에 갔다. 그곳에서 그는 다른 세 사람과 대화하곤 했다. 그들은 그 자신의 분신이었다. 한 사람은 그가 좋아하던 셰익스피어의 리처드 2세였고, 다른 두 사람 역시 지나간 시간을 산 사람들이었다. 그는 이처럼 그 자리로 다른 세기의 사람들을 불러내 대화를 나누었다. 독일인 음악 이론가나, 브롱크스의 택시 운전사가 대화 상대일 때도 있었다.

그는 평생 혼자 살아갔다고 한다. 그에게 외로움이 없지는 않았다. 다만 그에겐 오직 음악만이 영원한 것이었다. 밤이면 히터를 잔뜩 튼 차를 달려 혼자 알래스카를 향해 달려가곤 했다. 녹음실이 있었지만 정해진 집이 없었다. 녹음실이 아니라면 알래스카 부근 호텔에서 혼자 떠돌며 머무는 하룻밤. 그것이 고독한 음악가였던 그의 거처였다. 이것은 내가 알던 전형적인 예술가의 삶과는 무척 달랐다. 예컨대 여성 편력으로 인해 많은 여인을 만나고 결혼을 몇 번쯤 한 뒤 타히티 같은 이국에서 생을 마감하는 그런 삶.

그래서인지 굴드의 음악에서는 무성無性의 느낌이 묻어난다. 그건 그가 추구했던 삶의 지향과 꼭 닮은 모습이다. 한편 나는 호퍼의 그림에서, 굴드와 다르면서도 어딘가 비슷한 지향이 숨어 있음을 읽는다. 호퍼의 그림은 쓸쓸하지만 처연하지는 않다. 그의 그림 속 인물들이 우리에게 외로움을 직접적으로 호소하지 않기 때문이다. 이 인물들이 표상하는 고독은 굴드와 호퍼가 자기 예술뿐 아니라 삶을 대했던 방식이기도 했다.

그들은 외로움 때문에 누군가를 곁으로 끌어들이기보다 그저 고독 안에서 '머무르기'를 선택한다. 이는 대상을 바라보기 위해서는 자신에게조차 지켜야 할 거리가 있음을 아는 자의 태도를 뜻한다.

*

사랑이란 결국 자기 안에 머무는 감정이라는 생각을 할 때가 있다.

우리는 사랑하는 대상이 죽거나 사랑하는 사람과 헤어져야 할 때에도 그 사랑이 완전히 소멸되지는 않음을 경험한다. 외로움 혹은 다른 어떤 이유 때문에 사랑을 좇는다 해도 사실 그것은, 철저히 자기 안에 머문다. 카슨 매컬러스는 소설 『슬픈 카페의 노래』장영희 옮김, 열림원, 2014에서 사랑이란 두 사람의 공동경험이라고 했다. 이 말은 두 사람이 같은 경험을 한다는 뜻은 아니다.

사랑하는 사람과 사랑받는 사람은 서로 다른 세계에 속한다. 사랑하는 사람, 그는 사랑받는 사람이 자기 안의 사랑을 일깨우는 역할일 뿐임을 아는 사람이다. 무수한 사랑과 이별 끝에도 자기 내면에 결코 사라지거나 부서지지 않는 것이 있음을 아는 사람이다.

사랑이라는 두 개의 사건

미군 남자는 로마에서 우연히 만난 이탈리아 여자를 사랑하게 된다. 하지만 전쟁중인 탓에 두 사람은 어쩔 수 없이 이별한다. 짧은 만남이었을 뿐이지만, 어쩌면 만남이 너무 짧았기에 그들은 서로를 잊지 못한다. 시간이 흐른 뒤 그는 거리에서 몸 파는 여자가 된 그녀를 다시 마주친다. 두 사람은 호텔로 향하는데, 서로가 그토록 오래 그리워하던 사람이라는 사실을 알아채지 못한다. 남자는 취한 채로 침대에 누워 자신이 잊지 못하는 과거의 여인에 대해 이야기를 꺼내고, 여자는 그제야 그 여인이 바로 자신이라는 걸 깨닫는다.

질 들뢰즈는 자신의 책 『시네마』에서 로베르토 로셀리니의 영화 〈파이자〉(1946)를 통해 '두 개의 사건이 지닌 다른 방향성'을 읽어낸다. 두 사람은 같은 방에 앉아 자신이 기억하는 서로 다른 시간의 사람에게 말을 걸었다. 그들의 대화는 결코 서로에게 가닿을 수 없었다.

*

"베스파는 자전거 같다."

동그란 커피 테이블 앞에 둘러앉은 채, 인기 있는 오토바이 기종에 대해 심각한 태도로 이야기하는 세 남자가 있다. 왼쪽에 앉은 검은 티셔츠의 남자는 해변으로 여름휴가를 다녀오기라도 했는지 살갗이 그을렸다. 오른쪽에 앉은 남자는 빨간 트레이닝 바지를 입었고 다른 두 사람보다 나이가 어리다. 형, 형 하면서 그들을 부른다. 검은 티셔츠 남자는 곁에 여자가 있다면 오빠가, 오빠가, 하고 말할 타입이다. 두 사람 사이에 흰 셔츠를 입은 남자가 앉아 있다. 그는 몸에 달라붙는 셔츠의 윗단추 두 개를 풀어놓았다. 위쪽 가슴이 보인다.

가까이 마주앉은 세 사람은 서로의 목소리가 들리지 않는 것처럼 얘기한다. 마치 아주 멀리 있는 사람에게 말하듯. 장거리 전화를 거는 사람처럼. 세 사람의 목소리는 서로를 향해 있다기보다 하늘을 향해 육십 도쯤 위로 뻗어 있다. 누가 더 가벼운 이야기를 할 수 있는지 내기라도 하듯.

세 사람 모두가 알고 있는 한 남자가 중국에 있다. 빨간 트레이닝복을 입은 남자가 검은 티셔츠 남자에게 그의 근황을 묻는다. "중국에서 마약하지. 오층이 오 센티인 줄 알고 뛰어내렸잖아." 그 말에 흰 셔츠를 입은 남자도 동의를 표한다.

갑작스러운 침묵으로 묘한 긴장이 감돈다. 그 순간 그들이 대화의 공백을 견디기 어려워한다는 사실이 돌연 드러난다. 누군가 돌체앤가바나의 새로운 블루종 스타일을 이야기하며 애써 큰 소리로 웃기 시작한다. 그런 대화가 공통의 화제이자 유머가 될 수 있는 이유는 그들이 같은 취향을 공유하고 있기 때문이다. 그들은 벗어서 가방이 될 수 있는 옷의 가능성과, 다음 시즌에 만들 밀리터리 미니스커트에 대해 다시 열띤 토론을 벌인다.

옆 테이블에는 세 명의 남자와 한 명의 여자가 앉아 있다. 컴퓨터 공학을 전공한 학교 선후배 사이다. 남자들은 이미 직장생활에 적응한 프로그래머들이고 여자는 아직 학생이다.

여자는 어젯밤 지하철 안에서 취한 여자를 만났다. 몸을 가누지 못하고 기대오던 낯선 여자에게 여자는 어디까지 가느냐고 물었다. 그녀는 역곡까지 간다고 했고, 여자는 역곡에 도착하면 깨워주겠다며 계속 기대서 자라고 말했다. 너무 피곤해 보여서 그래야 할 것 같았어, 하는 후배의 말을 듣던 남자들은 술에 취한 여자를 지하철 안에서 본 경험을 앞다투어 얘기한다. 예쁜 여자였더라면 당연히 도와줬을 텐데 말이야.

모든 것이 지나칠 만큼 가볍다. 편해 보이지만 모두가 평균대나 살얼음판 위를 걷듯 조심스럽다. 어떤 것에 닿지 않기 위해, 모든 것에 대해 이야기하는 사람들.

누구에게도 닿지 않은 목소리는 결국 어디에 가닿게 될까.

*

이곳은 종로에 있는 한 카페다. 이곳의 계단은 나선형의 구조다. 이층에서 삼층까지는 나선형이고, 일층에서 이층으로 올라가는 계단은 그보다 바깥쪽으로 비껴서 나 있다. 일층 입구는 천장의 일부가 비어 있다. 삼층 계단이 끝나는 자리에서는, 일층 현관에서 올라오는 사람들의 방심한 표정을 가끔 엿볼 수 있다.

한 쌍의 연인이 입구에 들어선다. 여자가 먼저 올라가고, 남자는 우산을 털기 위해 잠시 멈춰 선다. 그가 벽면에 붙은 거울을 무심코 들여다본다. 아주 잠시지만 함께였던 연인으로부터 그의 시간은 분리된다. 이때의 시선은 철저히 자기 자신을 향한 것이고 나는 그것을 본다. 그를 사랑하는 여인은 이 순간을 결코 보지 못할 것이다. 그의 뺨에 일요일 오후의 빛이 내려앉는다. 이때, 먼저 올라간 여자가 그의 이름을 부른다. 왜 따라 올라오지 않느냐고 물으며.

그가 웃어 보인다.

방금의 묵묵한 표정을 지우고 세상에서 가장 가벼운 얼굴로 계단을 오르기 시작한다.

도플갱어, 두 개의 삶

피에르 바야르의 『예상 표절』백선희 옮김, 여름언덕, 2010은 이미 한 세기 전에 책을 쓰고 죽은 한 작가가, 실은 미래에 나타날 어떤 작가의 책을 예감하며 미래의 책을 베껴 썼을 수 있다는 이상한 착상에서 시작된다. 말도 안 되는 이야기라 생각하면서 책장을 덮지만 서늘한 느낌에 그 생각을 다시 돌아본다.

미래는 이미 현재와 동시에 쓰여지고 있는 것이 아닐까?

길가에 떨어진 장갑이
지하세계의 누군가 이 세계를 향해 청해온
악수 같다는 느낌을 받았을 때.

철교 위에 멈춘 열차 창밖으로, 문득 한강을 바라보았던 날,

멀리 수면 위로 반짝이는 점과 같은 것이 한 마리의 흰 새라는 사실을 알게 되었을 때. 그때 다른 흰 점들이 그것을 따라 일제히 날아오르고

마치 새들이 이끌어가는 힘에 의해

열차가, 이 세계가 움직이는 것처럼 느껴졌을 때.

괴로움에 사로잡힌 채 성당에 앉아 기도하던 날을 생각한다. 눈물을 멈추고 얼굴을 들어 주위를 바라보았을 때 비로소 보였다. 많은 사람들은 각자의 슬픔에 골몰하고 있었다. 그들이 구원을 청하는 성모 마리아 역시 사랑하는 아들 예수를 잃은 슬픔에 빠진 채 죽은 아들을 안고 있었다. 그때 나는 시대가 바뀌어도 인간은 그 배역을 바꾸어가며 근원에 가까운 장면을 지속적으로 만들어내고 있다는 생각을 하게 되었다.

*

우리가 근원을 찾아 떠돌거나 유사한 이미지를 찾아 헤매는 건 그 때문이 아닐까.

이때 이미지의 유사성이란 단순히 비슷한 이미지의 쌍을 뜻하는 표현은 아닐 것이다. 미래로부터 과거로, 과거로부터 미래를 향해 조응하는, 한정된 우리 삶 안에서는 결코 깨달을 수 없

는 어떤 동시성이 존재하는 게 아닐까? 인류의 근원적인 장면들은 우리가 보기 전에 우리 안에 이미 존재해왔으며, 이전에도 또 이후에도 존재할 것이므로.

우리는 어쩌면 태어나지 않은 사람, 또는 동시대를 살아가고 있지만 만난 적 없는 사람의 언어를 받아쓰고 있는지도 모른다. 한 번도 느껴본 적 없는 강렬한 감정을 느낄 때, 그것은 사실 내 것이 아니라 내가 모르는 그이에게서 온 것인지도 모른다.

우리는 투명한 각주로 된 아가미를 양쪽에 매단 마리오네트 인형처럼 누군가의 손에 의해 움직여지고 또 실로 연결된 다른 존재를 움직이게도 하면서 걸어간다. 그런 일들이 너와 나에게 동시성이란 이름으로 나타난다. 만나지 않은 우리 사이를 관절처럼 접합하며 이 세계가 나아간다.

낯선 것이 우리를 호명할 때

출근길, 합정에서 당산으로 향하는 2호선 지하철 안에서 어린 남자아이를 보았다. 내 허리 높이보다 작은 키의 꼬마였다. 아이들은 언제나 갑작스럽다. 나는 전동차 문 앞에 서 있었는데 그 아이가 어느새 내 앞에 자연스레 끼어들어 있었다. 봄이었다. 바깥의 따스한 햇살이 문안으로 들이쳤다. 아이는 유리창 가장 아랫부분에 얼굴을 마주 댈 만큼 키가 작았다. 그애가 유리문에 입술을 맞추며 뭔가를 계속 바라보았다. 무언가를 향해 이야기하고 있었다. 다른 세계를 향해 교신하고 있는 것 같기도 했다.

그 아이의 정수리를 내려다보면서, 한 생명이란 정말 우연하고 단 하나뿐인 존재라는 생각을 했다. 순간 뒤에서 엄마가 아이의 이름을 불렀다. 위험하니까 문에 기대지 말라는 말을 덧붙이며.

아이들은 순간순간 어른이 되기도 하고, 사물이 되기도, 동물이 되기도 한다. 그러다 엄마가 자신의 이름을 부르는 소리에는 다시 작은 아이가 되어 이 세계로 귀환한다. 엄마의 손을 꼭 잡고 싶어하는 눈빛으로.

아이의 눈 속에 마지막으로 들어왔던 세계는 어떤 모양이었을까.

나는 커피를 마시고 있지 않을 때도 내 손을 유리잔 주위에 둘러 컵 모양을 만든다. 한편으로는 커피잔이 손을 따뜻하게 데워주기 때문이고, 다른 한편으로는 유리잔의 둘레가 C자 모양을 한 내 손아귀 안의 빈자리를 완벽하게 메워주기 때문이다. 나는 이 부드러우면서 딱딱한 느낌이 좋다.

—리아 헤이거 코헨, 『탁자 위의 세계』, 하유진 옮김, 지호, 2002.

그것은 왠지 오래된 구두코처럼 부드러우면서도 딱딱할 것 같다. 모르면서도 막연히 상상하기 시작한다. 상상 속에서 너머의 세계를 여는 열쇠를 발견할 때가 있기 때문이다.

리아 헤이거 코헨은 청각장애인 할아버지와 할머니, 그리고 청각장애 학교를 운영하는 부모 사이에서 자랐다. 그녀는 들을 수 있었지만 듣지 못하는 사람들 속에 있었고, 듣지 못하는 세계가 그녀에겐 오히려 더 당연한 것이었다. 청각장애인의 비밀스러운 언어 세계에 들어가고 싶었던 어린아이는 작고 흰 조약돌을 귓속에 넣어보았다. 그것이 다른 세계를 들을 수 있는 그 아이의 보청기였다.

어른이 된 코헨은 미국 수어ASL를 구사할 줄 알았기에, 청각장애인의 언어를 건청인비청각 장애인에게 통역하는 일을 하게 된다. 문제는 예기치 않은 곳에서 일어난다. 그녀가 통역해야 했던 사람들 가운데는 강간이나 절도 같은 범죄를 저지른 청각장애인도 있었던 것이다. "모든 말을 정확히 전달해야 한다"는 인도주의적 원칙과, 여성으로서의 자의식 사이에서 코헨은 크게 갈등한다. 그러나 그녀는 말을 덧붙이거나 삭제해서는 안 되는 통역관이었다. 전달되지 못한 말들은 내부에 남았다. 그녀는 출퇴근길, 수없이 오갔던 브루클린의 지하철 안에서 그것을 견딜 수 없었다고 쓴다.

슬픔은 이상하게도 항상, 마음 한구석에 강렬한 흔적을 남긴다.

건너편에 앉은 사람이 호명하는 목소리에 나는 이 세계로 귀환한다. 테이블 위의 커피에서는 김이 피어오르고 있다. 찰나이지만 영원인 순간이 있다, 고 생각한다. 언젠가 지금과 같은 것을 느낀 순간이 있었다고도 생각한다. 폴 비릴리오는 이런 순간을 두고 '피크노렙시pyknolepsy, 기억부재증'라고 일컫는다. 잠깐 한눈을 파는 사이에도 수백 번의 부재가 일어난다. 하지만 겉으로 보기에 우리는 아무런 단절 없이 살아가는 것 같다. 현실을 살아가기 위해, 혹은 어떻게든 잘 설명해내기 위해 이해할 수 없는 세계를 지우거나 봉합하면서.

돌아옴은 떠남만큼이나 즉각적이다. 갑자기 이름이 불린 사람은 이 세계로 돌아오면서 이전의 세계를 잊는다. 언젠가 나쁜 꿈을 꾸고 깨어났을 때도 그랬다. 기숙사에서 같은 방을 쓰던 언니는 매일 밤 이층 침대의 아래에 누워 내 비명소리를 들어야 했다. 어느 날 그녀는 그게 무엇이든, 그렇게 살지 않았으면 좋겠다고 말했다. 우린 잘 모르는 사이였는데, 네 삶이 너무 힘든 게 아니었으면 좋겠다고 했다. 그 삶은 어떤 것이었을까. 나는 정작 그 삶과 기억의 주인이 아니었다. 모든 순간이 내게 남아 있지 않았다.

언니에게 처음 쓴 소설을 보여줬고, 언니는 자신의 애인 사진을 보여주었다. 남자친구도 사진을 찍어. 네가 찍은 것들을 보면 분명히 좋아할 거야. 그럴 때면 만난 적도 없는 한 남자에 대해 거의 이해할 수 있을 것 같다는 막연한 감정에 사로잡히곤 했다. 그렇게 잘 모르는 한 남자의 곁에 다가가듯 모르는 사람과 사랑을 할 수도 있을 터였다.

그때는 말 끝을 흐리며 남자친구에 대해 잘 모르겠다고 했던 언니의 말을 이해하지 못했다. 그녀가 밤마다 들리는 내 비명소리를 이해하지 못하듯이. 매일 전화를 하고, 안부를 묻고, 이 사람이 내 애인이야, 하고 사진을 보여주면서도 막상 그 관계의 미래를 잘 모르겠다고 말하던 이유를 이해하지 못했다. 얼마 뒤 그녀가 혼자가 되어 있던 이유도 나는 알지 못했다.

넌 좋은 글을 쓸 거야, 하고 말했던 그 언니의 얼굴 윤곽을 기억한다. 각진 턱에, 갈색 뿔테안경을 썼다. 얼굴은 붉은빛이 돌았고 초록색 잠바를 자주 입었다. 그러나 그녀의 이름도 기억하지 못한다. 그녀는 내 이름을 기억할까. 일 년 가까이 한방을 쓰며 지낸 적 있던 여자아이의 비명소리를 기억할까.

낯선 사람과 한방을 쓰고, 또다른 방으로 옮겨가며 이 삶을 어디까지 전진시킬 수 있을까.

우리가 살았던 방들을 연결하면 그건 얼마나 긴 길이일까.

커피잔을 들어 한 손에 받친다.

내 앞에는 어느새 다른 사람이 앉아 있고 수년의 시간이 흘러 있다. 우리는 다시 즐거운 이야기를 하기 시작한다. 커피잔을 놓았던 컵받침에 동그란 자국이 남아 있다.

chapter 3

비밀을
가진
사람

봉인된 비밀

두 사람은 자신의 사랑을 다른 사람들이 알게 되길 원치 않았
지요.
비밀로 간직하길 원했던 거죠.
두 사람은 비밀을 묻기 위한 나무를 찾기 위해 산으로 갔답니다.
나무를 발견해내고는 구멍을 파냈죠. 그 구멍에 비밀을 불어넣
었습니다.
그리고 구멍을 진흙으로 메웠죠.
—왕가위, 〈화양연화〉(2000)

시간이 더 많이 지났을 때에야, 사람들이 그렇게나 많은 '봉
인'된 비밀들을 몸속에 무덤처럼 지니고 다닌다는 걸 알게 되

었다. 때로 내가 잊는 것이 아니라 기억이 나를 지우는 과정을 거치면서, 작별이 찾아오기 전에 먼저 그 기억을 놓아주기도 한다는 것을.

죽는다는 것은 더는 비밀을 봉인할 무덤이 남지 않는 때가 온다는 말 아닐까. 그 말은 그만큼 많은 기억의 무덤들이 우리 몸에 들어차 있다는 뜻도 되지만 어떤 것도 봉인할 필요가 없어지는 순간이 온다는 뜻도 된다. 그때는 죽음이 우리를 찾아오는 게 아니라, 우리가 죽음을 향해 들어선다.

소설가 마르그리트 뒤라스는 평생을 사랑의 기억에 관해 썼다. 그녀는 나이 일흔 무렵이 되었을 때 『연인』김인환 옮김, 민음사, 2007이란 소설을 펴냈다. 노년의 여성인 작가가 삶의 가장 원초적 이미지로 거슬러가는 여정을 다룬 이야기다.

베트남의 프랑스 식민지 시절, 십대를 그곳에서 보낸 그녀는 스무 살 연상의 중국계 남자를 사랑한 적이 있었다. 오랜 시간 그녀는 그 일을 쓸 수 없었다. 그 시절을 공유했던 가족이 모두 죽기 전에는. 그녀는 그토록 두려워했던 큰오빠가 세상을 뜨고 난 뒤에야 완전히 자유롭게 '그것'에 대해 쓸 수 있었다고 고백한다. 그러곤 덧붙여 말한다. 이 작품을 끝내고 돌아보니, 그동안 썼던 수많은 책들은 이 이야기만은 하지 않기 위해 핵심을 에둘러 간 주변적인 것에 지나지 않았노라고.

이상하게도 우리는 결별의 목전에 이르러서야 가장 깨끗하고 투명한 시간을 경험한다. 진실이란 결국 어떤 '대면'을 필요로 하고 결별은 거꾸로 대면을 가능하게 만들기 때문일 것이다. 그 대면은 결국 홀로 맞서야 하는 고독한 싸움이다. 그러나 사랑의 경우처럼 그 사건 안에 종속되어 있는 한 우리는 결코 그것을 대면하지 못한다.

연인(들)

    가끔 사진을 찍어두길 잘했다는 생각이 들 때가 있다. 사진을 꺼내보면서 내게 이런 기억이 있었음을 떠올릴 때 그렇다. 사진 속에서는 사라진 기억의 상이 다시 나타나기도, 과거엔 몰랐던 기억의 단면이 새롭게 드러나기도 한다. (그러나 내가 소유한 것은 사실 기억이 아닌 사진 이미지이다.) 이때, 나라는 존재는 자기 기억의 온전한 주인일 수 없으며 기억은 이미 다른 차원으로 옮겨가 있다.

    다음 장의 사진들은 내가 그들과 함께했던 시간을 상기하게 하지만, 동시에 기억이 내게서 얼마간 휘발되어 있다는 사실을 알려준다. 사진 속 그가 그녀를 바라보는 표정과 그 얼굴에 떠오른 빛은 내게 없는 상이다. 나는 물론 기억을 확인하기 위해 이미지를 바라본다. 하지만 이상하게도 그때는 내가 기억을 떠올리는 것이 아니라 기억이 나를 떠올리는 것이 된다.

연인 사이였던 사진 속 두 사람은 헤어졌고 이후 나는 다시는 그들을 만나지 못했다. 그들이 일하고 또 만나던 카페 역시 주인이 다른 사람에게 자리를 넘기면서 사라졌으며 이제는 완전히 다른 장소가 되었다. 그들 사랑의 자리는 어디에도 남아 있지 않다. 그러나 나는 그들이 사랑했다는 것을 기억한다.

오늘날 우리 기억의 많은 공간들이 사라질 때마다, 나는 눈앞에 이런 사랑의 이미지들을 모아놓고 불태우는 화형식을 절로 떠올리곤 한다. 우리가 스스로의 기억과 역사를 궤멸시킨다는 점에서. 하나의 장소, 하나의 건물은 개인의 소유일 수 있지만 그곳에 깃든 기억은 공동의 것이다. 공간을 돈으로 살 수는 있을 것이다. 하지만 언젠가 그곳을 오갔던 감정의 지도와 기억들은 그때 무엇이 되는 걸까?

이 연인이 만들어낸 사랑의 결말은 사진 속에서 그들이 서로를 바라보는 눈빛처럼, 그렇게 숭고하지만은 않았다. 누군가는 상대가 자신을 속였다 느꼈고, 누군가는 상대에게 배신을 당했다고 느꼈다. 진실은 모른다.

두 연인이 사랑의 공모를 폐기할 때, 그 사랑은 어디로 가는

걸까?

사랑이 한 사람의 내면의 문제에 관계된다면 그것은 영혼과 같은 것일까, 아니면 기억과 같은 것일까?

그러나 사랑은 실로 육체 없이 불가능한 것일 텐데, 사랑하는 이들의 육체가 사라지게 될 때 그 사랑은 여전히 여기 머무르게 될까?

남자는 세월이 흘러 다른 여자와 아이를 낳았다.

여자가 어떻게 되었는지는 알지 못한다.

그러나 십여 년 전 오후의 한순간 속에서 그들의 사랑은 영원한 것처럼 보인다. 나는 그때도 그렇게 믿었고 지금도 그렇다. 그들도 기억하지 못하는 사랑이 그들의 현존을 대신 증거한다고 믿고 있다.

세월이 흐른 어느 날, 우연히 그를 길에서 마주쳐 결코 알아보지 못한 채 지나친다 해도, 나는 그 거리 어딘가에서 목격했던 그의 눈빛과 시간을 영원히 기억할 것이다. 그 거리에서 이 사진 속 그와 같은 사람을 꼭 알아볼 것이다. 나를 지나치는 프라하의 한 젊은 청년, 그가 간직한 사랑의 자질을.

호세 루이스 게린의 자전적인 경험을 담은 영화 〈실비아의 도시에서〉(2007)가 떠오른다. 감독은 예술학교를 다닐 때 좋아하던 여자아이를 십수 년이 지난 어느 외국의 거리에서 발견하

고 따라가는 경험을 했다고 한다. 그런데 이상하게도 그가 따라
간 것은 자신처럼 나이든 여성이 아니라, 사랑에 빠졌던 그때
그 나이의 여자아이였다.

돌이킬 수 없는

종로3가에서 1호선을 탄다. 개찰구 근처에는 1호선과 3호선을 갈아타는 사람들이 오가는 넓은 공간이 있다. 그 작은 광장에서는 늘 많은 부랑자들과 노인들을 볼 수 있다. 갈 곳 없는 오후에 그들은 장기를 둔다. 서로 잘 모르는 사이인데 계단에 나란히 앉아 이야기를 나눈다. 그러다 목소리를 높여 싸우기도 한다. 무료하던 때, 구경거리가 생겼다고 여기저기서 사람들이 몰려든다. 한 사람이 목이 터져라 소리를 지르고 다른 한 사람은 욕을 한다. 핏대가 선 얼굴로 서로의 멱살을 잡다가 둘 중 한 사람이 바닥에 드러눕는 그런 싸움. 싸우는 사람이나 구경하는 사람이나 특별한 이유는 없다. 싸우는 것과 이야기를 나누는 것 사이에도 큰 차이가 있을 것 같지는 않다.

어느 여름, 첫차를 타고 종로로 나가는 길에 노인들이 줄지어 버스를 기다리는 모습을 본 적이 있다. 나는 그들 틈에 섞인 유일한 젊은 사람이었다. 버스에 타서는, 차창에 머리를 기댄 채 바깥 풍경만을 바라보았다. 냉방을 하지 않은 새벽 네시의 첫차는 나이든 사람들의 살냄새를 간직하고 있었다. 앞으로 나이가 들더라도 절대 그 틈에는 끼지 않겠다는 듯 나는 애써 그들을 외면했다. 하지만 눈을 감아도 웅얼거리는 그들의 말소리가 귓가에 가까이 들려왔다. 마치 나쁜 꿈처럼. 노인들은 언제 잠들고 또 언제 깨는 걸까. 이 시간에 잠도 자지 않고 깨어서 다 어디로 가는 걸까. 늙는다는 건 결국 점점 잠들지 않고 깨어 있다 죽음에 가까워지는 그 무엇일까.

1호선을 타기 위해선 그런 노인들이 잔뜩 웅크리고 앉아 있는 계단을 내려가야만 한다. 오래된 청색. 그것이 1호선의 색깔이다. 그리고 부패한 푸른색. 그것이 1호선을 잠식하는 공기의 색깔이다. 어디선가 습기가 배어나온다. 한겨울에도 그걸 느낄 수 있다.

그날 내가 지하철을 타기 전 그 종이 상자를 보았던 것인지, 아니면 지하철에 탄 다음 보게 된 기이한 장면 때문에 종이 상자가 있었다는 걸 뒤늦게 떠올린 것인지는 정확히 기억나지 않는다. 중요한 건 내가 언제 그걸 보았든 상자는 거기 있었다는 것이다. 누구의 눈에도 잘 띄지 않는 승강장 끄트머리에 그것이 놓여 있었다는 것이다. 열차가 왔고 나는 그걸 탔고, 무심코 열차 문의 유리창을 바라보았을 때에야 상자 속에 무언가 있음을 알게 되었다는 것이다.

내 옆에는 지저분한 차림의 부랑자 남자가 서 있었다. 나는 되도록 그의 냄새를 피하려고 했다. 그가 내게 구걸한 것이 아니었는데도. 돌이켜보면 그는 다만 승강장 끝에 있는 그 상자 쪽으로 다가가고 있었을 것이다.

나는 그날 문 닫힌 열차 안에서 종이 상자로부터 손 하나가 뻗어나오는 것을 보았다. 손은 가까이 다가온 남자의 목을 끌어안았다. 왜였는지 그 손은 희고 눈부시게 느껴졌다. 지금까지도 그 손은 아주 깨끗한 흰빛을 띠었다고 기억된다.

기억 속에서 손만이 떨어져나온 것처럼.

터널을 지나는 동안, 나는 불 켜진 열차 안에서 멍하니 어둠을 바라보았다. 그때 느꼈던 것을 어떤 단어로 표현할 수 있을지 일 년이 지난 어느 날에야 알았다.

"돌이킬 수 없는."

영화 〈퐁네프의 연인들〉(1991)을 만든 레오 카락스는 왜 그 영화를 만들었느냐는 질문에 이렇게 답한다.

"시나리오는 상상에서 비롯되었습니다. 두 남녀가 퐁네프의 난간에 서 있습니다. 이 연인들은 차례차례 강물에 뛰어들지요. 그들은 부랑자입니다. 내가 부랑자들에게 관심을 갖게 된 것은

그들에게서 느껴지는 어떤 돌이킬 수 없는 감정 때문이었습니다. 그들은 허물어지고 있는 퐁네프에서 삽니다. 다리는 그들의 것이지요. 여자는 화가인데, 시력을 잃었습니다. 남자는 불을 뿜는 곡예사입니다……"

다음 장의 사진은 마이클 애커먼의 사진전 〈보이는 어둠 Darkness Visible〉에 전시된 작품 중 하나다. 흥미로운 것은, 전혀 다른 시간대에 찍힌 카락스의 영화와 애커먼의 사진 속 두 장면이 내게는 같은 말을 하는 듯이 느껴진다는 점이다.

사진가 사라 문은 마이클 애커먼의 사진을 두고 "그는 틀린 순간에 셔터를 누른다"고 말한다. 틀린 순간, 혹은 서툰 순간. 순간과 순간 사이의 순간이라고 부를 수 있을 어떤 순간. 그는 우리가 사진가 앙리 카르티에 브레송을 통해 알고 있는 '결정적 순간'과는 다른 순간을 포착한다. 애커먼의 사진은 대개 상이 흔들려 있다. 그의 사진은 초점이 맞지 않는 사진과는 다른 느낌을 준다. 단지 시간의 경과를 보여주는 사진과도 조금 다르다. 사라 문이 한 말은 바로 이 느낌에 관한 가장 정직한 표현일 것이다. 애커먼은 주변부의 시간을 진동시키며 결정적인 순간을 향해 다가간다. 파동이 한 점을 향해 수렴하지만 결코 그 지점을 우리에게 명확히 보여주지는 않는다. 그의 사진을 보며 우리는 흘러가는 시간에 저항하는 연인들처럼 이미지를 간신히 붙잡으려 애쓴다.

서툰 순간을 포착함으로써 드러나는 사랑에 관한 이미지.

이들이 전하는 것은 '돌이킬 수 없는' 감정이다. 그 속에는 어떤 공포가 있다. 사랑하는 사람들의 포옹은 이렇듯 견고하지만 동시에 금방이라도 부서져내릴 것 같다.

연인은 일찍이 사회로부터 추방된 존재들이었다.

사랑에 들어선 순간, 공동으로 익명의 존재가 되기를 기꺼이 원하는 자들. 어둠 속에서, 길모퉁이를 돌 때 느닷없이 나타나는 비밀한 사람들. 그들은 우리가 거리에서 지나친다면 누구인지 기억도 못할 평범한 얼굴을 지닌 사람들이다.

포옹하는 이 이미지에는 우리 자신이 한 번쯤 경험한 적 있는 열광적인 사랑의 사건이, 그러나 우리가 그 내부에 있을 때는 결코 응시할 수 없는 특별한 장면이 포착되어 있다.

연인 속의 연인

"나는 그 사람의 스물아홉에서 서른두 살까지의 삼 년간밖에 알지 못합니다. 그 삼 년 가운데서도 극히 일부만. 잠잘 때의 그 사람의 꿈이, 내겐 보이지 않습니다. 역을 향해 혼자 걷고, 전철을 탔을 때의 그 사람, 일을 할 때의 그 사람이 보이지 않아요. 그 사람의 몸에 몇천, 몇만의 빛 알갱이로 감춰져 있을 갓난아기 적부터의 기억이 보이지 않아요. 그 사람이 아무리 내게 전해주려 애써도 그 사람 자신이 도저히 손에 쥘 수 없었던, 말로 표현되지 않는 부분. 그 사람은 그 사람이 스스로 알고 있던 모습보다 백 배, 혹은 훨씬 더 큰, 하나의 삶이었습니다."

—쓰시마 유코, 「산불」, 『나』, 유숙자 옮김, 문학과지성사, 2003.

쓰시마 유코의 「산불」은 사랑하는 사람의 모든 순간을 소유할 수 없음을 느끼는 한 여인의 고독을 말한다. 그 여인은 자신이 사랑했지만 이제는 세상을 떠난 한 남자에 대해 품고 있는 감정을 누군가에게 보내는 편지에 적는다.

"나는 그 사람의 실체를 매 순간순간 확인하며 살아가려나봅니다. 모든 장소, 모든 시간 속에, 그 사람의 본질이 깊숙이 박혀 있습니다."
—같은 책에서.

그녀의 어조는 담담하지만 내용은 끓어오른다. 사랑하는 사람은 사랑받는 사람의 실체를 알 수 없다는 것, 사랑받는 이가 결코 자신의 말을 들을 수 없으리라는 슬픔과 비장한 확신에 가득차 있다. 그러나 시도가 언제나 실패로 끝날지라도 사랑하는 사람은 그 실패를 기꺼이 감수하는 자이다.

또한 사랑하는 사람은 자신이 사랑하는 이의 현재를 있게 한 그 모든 시간을 알고자 한다. 몇 개의 순간들을 하나의 선으로 연장시킴으로써 눈앞의 이해할 수 없는 대상을 파악하려 애쓰기도 한다. 그러나 연인은 현재의 한순간을 잠시 공유할 뿐이고 이 연결은 영원함을 보장하지 않는다. 그렇기에 언제나 다른 한 쪽으로부터 찢겨나가 분리될 수 있다는 비밀스러운 공포가 연인에게 있다.

어긋날 수밖에 없는 서로의 시차 속에서, 우리는 사랑이 동일한 하나의 사건이 아니라는 것을 경험한다. 파스칼 키냐르는 『은밀한 생』송의경 옮김, 문학과지성사, 2001에서 하나의 나무와 하나의 붉은 자동차가 우연히 부딪치는 두 개의 동시적 사건을 사랑으로 은유한다. 하나의 자동차가 나무에게 가서 부딪친 것이 아니다. 두 개의 존재가 서로를 향해 전속력으로 맞부딪친 것이다.

서로 다른 두 개의 사건이 서로를 향해 부딪친 것이 사랑이라면, 응시 또한 사랑의 한 형태가 아닐까. 지나간 것, 그렇기에 돌이킬 수 없는 이미지를 바라볼 때면 늘 현재와 과거가 맞부딪친다는 점에서. 현재 속에서 과거가 솟아오르고, 과거 속에서 다시 현재를 발견한다는 점에서.

오정희의 소설 「불의 강」『불의 강』, 문학과지성사, 1995은 매일 밤 몰래 잠자리를 빠져나가는 남편의 시간에 대해 아내가 느끼는 불가해한 공포를 다룬다. 오정희의 여인은 불식간에 사라져 있는 남편을 뒤따라 나서고자 하는 욕망에 시달린다. 그녀는 남편이 방문했을지도 모를 장소들을 상상하고 배회한다. 부부는 함께 기거하지만 그 사랑의 열정은 동일하지 않으며 남편이 더 생생하게 존재하는 자리는 현실의 집이 아니라 그녀의 기억 속이다.

사랑에 대한 발화는 언제나 사후적이고, 과거를 향해 있다. 때문에 사랑하는 사람이 가진 기이할 정도로 강한 집착과 응시는 결코 사랑받는 사람에게 전달되지 못한다. 최종적으로 어긋난 시선을 봉합하는 것은 그 빗나감을 목격하는 우리의 몫이다. 그러므로 이미지를 바라보는 우리의 운명은 언제나 사랑받는 쪽보다는 더 사랑하는 사람의 운명과 닮아 있다.

실비나 오캄포의 소설 「연인 속의 연인」『천국과 지옥에 관한 보고서』, 김현균 옮김, 열림원, 1999은 더 끔찍한 차원으로 나아간다. 그녀의 소설 속에서 사랑하는 사람은 사랑받는 사람이 꾸는 꿈의 세계까지 알고자 한다. 그들은 다정하게 몸을 섞는 정도를 넘어, 머리를 붙이고 잠들며 같은 꿈을 꾸는 하나가 되고자 한다. 사랑하는 이의 무의식을 소유하고자 하는 불가능한 욕망은 삶보다는 죽음의 세계와 맞닿아 있기에 연인의 세계는 반사회적이고 퇴폐적이다.

사랑하는 사람은 상대를 삼켜 몸속에 집어넣은 채 그의 목소리를 영원히 듣고자 한다. 또 반대로, 목소리가 된 사랑받는 사람은 그가 거주하는 연인의 꿈속 공간 전부를 지워버리고자 한다. 모든 지독한 사랑이 그러하듯.

사랑하는 이가 나타나기 전의 세계와 이후의 세계가 다르다는 것을 우리는 안다. 한 사람이 죽더라도(그 죽음이 물리적인 죽음이든 사랑의 소멸을 뜻하는 상징적인 죽음이든 간에), 죽은 자의 혼과 꿈이 이 세계에 깃든다. 그렇게 변경된 세계는 이후에 살아가는 다른 이들의 삶에까지 영향을 미친다. 사랑이 생

겨나고 또 소멸하면서 세계는 지금도 변경되고 있다. 우리의 사
랑은 애초부터 우리가 이해할 수 없는 시간의 힘에 종속되어
있었다. 걷잡을 수 없는 속도로, 어느 날 돌연히 당신이 그 속에
빠져들었듯이.

나의 미치광이

프라하의 지하철 안이었다. 한 여자가 좌석에 앉아 울고 있었다.

"He doesn't love her anymore."

그 모습을 잠자코 보던 그가 한마디 내뱉었다. 왜 그런 말을 하느냐고 내가 물었다. 그러자 그는 같은 말을 반복했다.

"He doesn't love her anymore."

그녀의 울음소리는 갈수록 격렬해지고 있었다. 저 여자가 왜 울고 있는지 알아? 그가 내게 속삭였다.

"애인이 그녀를 속인 거야."

"그걸 어떻게 알아?"

내가 물었다.

"손가락에 있는 반지를 빼서 계속 만지작거리고 있었거든. 그는 돌아오지 않아. 그리고…… She knows it."

그는 이번엔 그 낯선 여자를 바라보며 말했다. 그러자 그녀가 우리를, 어쩌면 그를 바라보았다. 여자의 낯빛은 초연해 보이기까지 했다. 그가 외국어로 한 말을 이해한 것이 분명했다.

"저 여자의 삶은 오늘부터 조금씩 빠르게 변하게 될 거야."

그는 자신의 그 말이 우연히 만난 한 여자의 일생을 조금 더 빨리 변화시킬 거라고 믿고 있었다. 이상하고도 열렬한 믿음. 그것이 그가 가진 삶의 방식이었다. 나는 그가 괴팍하고 못된 사람이라 생각하면서도 말문이 막혀 아무 말도 하지 못했다.

언젠가 그는 말했다.

"넌 눈에 띄지 않게 변하고 있어. 난 살아오면서 만났던 모든 사람들을 그런 방식으로 변화시켰어. 이제 앞으로 네 삶은 엄청나게 달라질 거야. 왜냐하면 넌 나를 만났으니까."

예언이나 되는 것처럼 그런 말을 내뱉는 그가 악마처럼 느껴졌다. 나는 이따위 남자는 내게 그 어떤 영향도 미칠 수 없다고 최대한 이성적으로 생각하려 애썼다. 그의 곁에서 하루빨리 벗어나기를 은밀히 기도했다.

그러나 난 여전히 그 이상한 사람을 따라 걷고 있었다. 알 수 없는 일이라 생각하면서.

*

    조이스 캐럴 오츠의 짧은 소설「나의 미치광이」_{장석주,『소설』, 들} 녘, 2002에는 그날의 기억을 떠올리게 하는 불가해한 만남이 등장 한다. 미래가 촉망받는 대학생인 한 여성이 엘리베이터에서 이 상한 남자와 마주친다. 그는 그녀에게 바싹 다가와 얼굴을 갈겨 주고 싶다며 위협한다. '왜'냐고 묻는 여자에게 그는 이렇게 말 하고 사라진다.

    "왜냐하면 넌, 바로 너니까."

    그뒤로 그녀는 학교에서 가끔씩 그를 마주친다. 그러나 그는 그녀에게 아무 짓도 하지 않는다. 그녀는 남에게 털어놓기 곤란 한 심경에 빠진다. 분명 어떤 일이 일어났는데 동시에 아무 일 도 일어나지 않은 것이다. 그때부터 그녀는 그를 주시하기 시작 한다. 그는 지하에 사는 짐승 같은가 하면, 삼십대의 평범한 대 학원생처럼 보이기도 한다. 대학가 변두리를 떠도는 별 볼 일 없는 남자 같기도 하다. 그는 누구일까.

    그녀는 문득 그를 '나의 미치광이'라 이름한다. 그녀는 왜 단 한 번 스쳤을 뿐인 미친 남자를 그저 미치광이가 아닌 '나의 미 치광이'라고 불렀던 것일까. 그녀가 자신의 미치광이를 생각하 며 그건 "어쩌면 늙어가는 연습일지 몰라"라는 말을 중얼거리 는 것으로 소설은 끝난다. 그것은 마치 사랑에 대한 은유처럼도 들린다.

*

　지하철에서 울고 있는 여자를 볼 때마다 나는 내가 사랑한 적 있는 그 이상한 남자를 기억한다. 그는 더이상 너를 사랑하지 않아. 낯선 여자에게 다가가 이따금 그 사람처럼 차갑게 속삭여주고 싶은 감정에 사로잡히기도 한다. 하지만 나는 아무 말도 하지 않는다. 대신 자신을 향해 고개를 저으며, 너는 내 인생을 조금도 변화시키지 못했어, 하고 중얼거린다. 그럴 때면 어디선가 그는 말할 것이다. 그렇게 생각할 테면 생각해. 하지만 네 인생은 변하게 될 거야. 너는 나를 만난 적이 있으니까.

　세상의 모든 이상한 순간들, 그 순간들이 우리를 서서히 변화시키리란 그의 말은 옳았다. 어디까지나 우리가 그 힘을 믿는 한에서.

　딱 그만큼만, 그 힘은 파괴적이고 격렬하다.

chapter 4

칼을
놓는
사람

빈 침대

사진가 낸 골딘은 십대 시절, 언니의 이해할 수 없는 죽음을 기점으로 사진을 찍게 되었다. 그녀는 워싱턴의 중산층 가정 출신이었는데 보수적인 부모는 낸에게 언니의 자살을 '사고'라고 거짓말했다. 낸은 어린 나이였지만 진실을 부정하는 부모의 태도가 어딘가 잘못되었다고 생각했다. 그녀는 몇 년이 지나지 않아 집을 나왔으며 평생 이 일을 잊지 못했다.

불과 열아홉의 나이에 그녀는 보스턴의 클럽에서 혼자 사진기를 들고 드래그 퀸여장 남자들을 찍고 있었다. 낸에게 그들은 그녀가 미처 알지 못했던 삶의 다른 입구를 보여준 사람들이었다. 그녀는 자연스럽게 그들에게 이끌려갔다. 놀라운 것은, 쉽지 않은 인생의 항로 속에서 그녀가 결코 '빛'을 발견하는 일을 놓지 않았다는 점이다. 낸 골딘은 일찍이 보스턴의 뒷골목 무대에 선 드래그 퀸들이 지닌 슬픔뿐 아니라 아름다움을 포착했으며 자신의 전부를 걸고 부딪쳐 그들의 세계를 조명해냈다. 그들은 화장을 지우고 옷을 갈아입거나 샤워를 하는 평범한 모습으로, 때로는 자동차 뒷좌석에 앉아 어딘가 불안한 표정으로 낸의 사진기를 응시한다.

사진가로서의 낸 골딘을 세상에 알린 작업은 남자친구에게 얻어맞은 그녀 자신의 얼굴 사진이었다. 그녀는 상대를 고발하기 위해서가 아니라, 그럼에도 그를 애증했던 자신의 시간을 낱낱이 기억하고자 셔터를 눌렀다. 어떤 사람을 사랑했다면 그와의 좋았던 시간만이 아닌 모든 시간이 풀어야 할 수수께끼처럼 주어진다. 그녀는 사진을 찍어 자신의 기억을 수정할 수 없는 것으로 고정하고자 했고, 그러자 비극을 걷어낸 자리에는 가차 없는 한 장의 이미지만이 남았다.

이후 낸은 모든 연인의 관계 속에 숨어 있는 불안, 세월의 흐름에 따라 변화하는 육체의 덧없음을 포착하는 사진을 찍었다. 그녀는 오랜 시간에 걸친 우정으로 친구들의 평범한 일상뿐 아니라 친밀한 대화, 포옹, 심지어 섹스에 입회했고, 에이즈로 죽음을 맞이한 친구의 병상 앞에 사진기를 든 채 서 있었다. 그 사진들 속에서는 그녀의 용기를 발견할 수 있다. 맨몸으로 응시하는 사진가와, 기꺼이 그 응시를 마주보는 사람들의 힘.

그런데 시간이 흐르면서, 극적인 드라마가 담긴 사진보다 사소한 흔적을 담은 이미지들이 마음에 더 큰 잔상을 남기는 것을 느낀다.

낸 골딘의 사진 가운데 〈빈 침대〉란 작품이 있다. 이것은 그녀가 사랑을 나눈 직후에 찍은 사진이다.

매트리스의 시트와 베개, 담요가 흐트러져 있는 사진 속 장면은 언뜻 보면 어디에서나 볼 수 있는 '거의 아무것도 아닌' 것처럼 보인다. 사진만으로 우리는 침대가 어느 도시의 어떤 건물에 위치해 있는지, 누가 언제 이곳에 머물렀는지, 여기서 무슨 일이 일어났는지를 짐작할 수 없다. 침대는 아주 평범한 모습이다. 게다가 사진 속에서는 낸 골딘의 특징적인 스타일도 잘 드러나지 않는다. 다만 정돈된 침대가 아닌 흐트러진 침대의 이미지는 우리에게 이 사진이 찍히기 전후의 시간을, 하나의 서사를 상상하게 한다.

아침이 왔다.

밤새 이곳에 머물던 연인들은 어느새 사라져 있다. 당연하게도 사랑의 시간이 끝난 것이다.

메이드가 방밖에서 문을 두드린다. 그녀는 안에 아무도 없음을 확인한 뒤 실내에 들어온다. 똑같은 형태의 이런 방 수십 개를 그녀는 매일 마주한다. 청소를 하기 전 자기도 모르게 작은 한숨을 내쉬는 것은 그녀의 습관이다. 창문을 열고, 사용한 수건과 주름진 시트를 걷어 바구니에 담는다. 깨끗이 세탁한 시트를 다시 펼치고 베갯잇을 새것으로 바꾼 뒤 제자리에 놓아둔다. 전원을 찾아 플러그를 꽂고 청소기를 돌려 카펫 위의 먼지를 제거한다. 비품들을 다시 새것으로 채워넣은 뒤 원래 위치가 아닌 곳에 와 있는 물건들을 제자리에 돌려놓는다. 창문을 닫고 정리된 방을 한번 돌아본다. 마지막으로 그녀는 불을 끄고 무대에서 퇴장할 것이다. 그렇게 방은 다시 아무 일도 없던 시간으로 되돌아간다.

이 사진은 평범한 사람들이 경험하는 일상 속에 언제나 극적인 장면이 담겨 있다는 사실을 환기한다.

우리가 떠나면서 한 번쯤은 돌아보았을, 이제는 기억나지 않는 사랑의 장소를.

나체와 알몸

크리스토프 바타유의 소설 『다다를 수 없는 나라』김화영 옮김, 문
학동네, 2006는 18세기 옛 베트남, 안남을 배경으로 그곳을 정복하
러 온 프랑스 사람들의 모습을 보여준다. 당시 안남에 도착한
배에는 군인 말고도 선교를 목적으로 온 신부와 수녀들이 타고
있었다. 지독한 무더위와 열사병으로 인해 군인들은 정복이라
는 목표를 잃어가는 상황에 처한다. 그들은 싸울 줄 모르는 순
수한 안남 사람들을 향해 총칼을 들이민다. 사람들을 폭력으로
무너뜨리려 하지만 정작 겪어본 적 없는 무더운 기후 앞에 쓰
러지고 마는 것은 그들 자신이다.

수도자들은 군인들과 다른 길을 걷는다. 그들은 안남 사람들
에게 하느님의 말씀을 전하기 위해서 안남을 굴복시키는 대신,

먼저 자신들이 안남에 속해야 함을 받아들인다. 그들은 수도복을 벗어던진다. 밭을 경작하고 과실을 수확한다. 수도자들의 외모는 안남 사람들을 닮아간다. 세월이 흐르자 안남으로 떠났던 프랑스 사람들은 조국인 프랑스로부터 철저히 잊힌다.

소설의 가장 마지막에 이르러 비가 내린다. 무더운 방안에서 사랑하는 법을 배운 적 없는 신부와 수녀는 몸을 섞는다. 이로써 그들은 인간이 정한 수도자의 금기를 넘어서지만 아이러니하게도 신이 부여한 사랑이라는 소명에 다다른다.

*

수전 손택은 『해석에 반대한다』이민아 옮김, 이후, 2002에서 '감수성'이 교육되는 것이라고 말한다. 그러니까 공감력, 이해력, 지각 능력 모두가 개인적 차원이 아닌 사회적 차원에서 결정된다는 것이다. 그러므로 잘못된 감수성은 다시 학습되어야 한다. 오래전 나는 이런 주장에 큰 충격을 받았다.

감수성이 교육을 통해 변화 가능하다는 손택의 주장은 인간이 배움을 통해 다른 차원의 존재가 될 수 있다는 가능성을 암시하는 듯하다. 나는 사랑에도 이런 시각이 적용될 수 있다고 생각한다. 다만 거기에는 우리가 개인의 영역이라 여기는 사랑에 있어서조차 온전한 나만의 욕망은 있을 수 없다는 것, 우리가 아무리 자유롭다 여기는 욕망이라 해도 이 세계 안에서 철저히 길들여진 것일 수 있다는 사실이 전제된다.

파스칼 키냐르는 나체와 알몸을 구분지어 말한다. 그에게 나체는 전등갓 앞에 선 보여지기 위한 육신이다. 반면 알몸은 사회의 시선을 제거한 나체이다. 사회의 관습 속에서 우리는 완전한 알몸이기를 거부하고 거부당한다. 그러나 연인들 사이에는 그것이 존재한다. 결코 폭로될 수 없는 비밀처럼. 포르노그래피의 이미지가 알몸의 이미지와 다른 이유는 여기에 있다. 포르노그래피는 오직 폭로될 수 있는 것만을 폭로한다.

포르노와 예술을 구별하는 선은 존재한다. 단지 포르노 산업에 내재된 여성에 대한 억압과 착취의 구조 같은 윤리적 이유 때문만은 아니다. 예술은 근본적으로 목적이 없는 것인데 포르노에는 목적이 존재하기 때문이다.

누군가를 흥분시킨다는 목적.
그것이 아름다움을 결정적으로 추방한다.
사랑의 장면을 재현함에 있어, 그 이미지의 근원으로 다가가는 것이 아니라 우리가 보아왔던 관습적인 장면들로 행위를 채우는 것. 그것이 결정적으로 사랑의 근원적 이미지를 훼손한다.

마지막 사랑의 방

세르비아 시인 바스코 포파는 「작은 상자」『절름발이 늑대에게 경의를』, 오민석 옮김, 문학동네, 2006 란 시를 썼다. 마치 사람처럼, "젖니"와 "짧은 길이"와 "좁은 넓이"와 "작은 공허"를 가진 어떤 상자에 대해.

어느 날 작은 상자가 자란다. 상자가 자라 그것이 들어 있던 책장과 방과 도시와 그 모든 것을 담을 수 있게 된다. 그런데 어느 날 다시 상자가 작아진다. 그 작은 상자 속에는 전 세계가 들어 있다. 우리는 그런 상자를 주머니 안에 넣을 수도, 훔칠 수도, 아주 쉽게 잃어버릴 수도 있다.

D는 일본인 남자를 만난 적이 있다. 남자는 나이가 많았고 한국어를 잘했다. 사실 그때 D에게는 애인이 있었다. 그녀에게는 애인이 곧 집이었다. 실제 갈 곳이 없던 그녀는 그의 집에 잠시 머물고 있었다. 그녀의 집이라서 애인이 되는 것인지, 애인이기 때문에 집이 되는 것인지를 그녀는 혼란스러워했다.

일본인 남자는 결혼한 적이 있고 결별한 아내가 그의 아이를 혼자 키우고 있었다. 그는 한국에 와서 D와 살고 싶어했다. 그런데 그녀는 일본에 가서 그와 살고 싶어했다. 그때 그녀가 두려워했던 것은 그의 삶의 실패한 결혼 이력이나 전 부인, 아이 같은 것이 아니었다. 그 두려움은 상자에 대한 현실적인 공포였다. 보증금과 월세로 이뤄진 작은 방에서 사랑은 한 달을 견디지 못할 것이라는 담담한 고백이었다.

집으로 돌아오는 길에 가끔 생각한다. 몸을 겨우 누일 수 있을 만한 크기의 작은 상자 같은 방을. 나 역시 앞으로도 쉽게 그 방을 떠날 수 없을 것이다. 혼자만의 힘으로 상자를 벗어나는 법을 알지 못한다. 그렇기에 낯선 이의 방에 가서 잠을 잔 적이 많았다.

언젠가 종이처럼 얇은 벽으로 된 방에 애인이 찾아온 적이 있다. 그는 견디지 못하고 떠나갔다. 시간이 지나고서야 깨달았다. 견딜 수 없던 것은 그 작은 방이었다는 것을. 서로에게 연락이 닿지 않게 되었을 때 이상하게도 안도감이 들었던 날들을 기억한다. 긴 여정이 끝날 때 마음 한구석에 기묘한 해방감이 느껴지는 것처럼.

사각의 방 한 모서리에 우두커니 웅크려앉아 있던 적이 있다. 오후 두시의 햇빛이 얼굴에 쏟아질 때까지 엎드려 잠을 잔 적이 있다. 빛 외에는 아무도 나를 찾아오지 않았다. 작은 창을 통해 들어온 빛이 시간에 따라 기울어지고 방을 가득 채웠다가 이윽고 사라지는 모습을 바라보았다.

『필립 퍼키스의 사진강의 노트』박태희 옮김, 안목, 2011에는 빛에 관한 이야기가 나온다. 필립 퍼키스는 샌프란시스코 아트 인스티튜트를 다니던 대학 시절, 세 시간 동안 빛이 변하는 것만을 바라보았던 사진 수업에 대해 쓴다. 해가 저물어가던 강의실 안에서 사람들의 목소리, 분위기, 어조, 그 모든 것이 신의 뜻처럼 그에게 다가왔다. 그는 사진을 찍기 위해서는 대상을 명명하지도, 사랑하지도, 증오하지도 말고 그저 빛이 표면에 머물러 있는 그 순간만을 바라보아야 한다고, 그것이 가장 어려운 일이라고 말했다.

빛은 시시각각 바뀌고 있다. 행복한 순간이 지나가는 것처럼 고통스러운 순간도 결국은 지나간다. 하지만 그걸 바라보는 데는 어떤 시간이 필요하다.

베르나르 포콩의 사진집『사랑의 방』심민화 옮김, 마음산책, 2003에서 '첫번째 사랑의 방'은 뒤엉켜 있는 밝은 방 안의 연인들로 시작된다. 그러나 '마지막 사랑의 방'은 아무것도 남지 않은 빈방의 한 모서리를 보여주며 끝난다. 금간 벽 한 귀퉁이, 모서리들이 만나는 한 점으로 눈길이 모아진다. 사랑이 끝나는 순간 우리가 한때 서로의 모서리가 닿았던 지점을 가만히 응시하듯이.

사랑의 윤리

"우리 사이에 칼이 있었네."

말년의 보르헤스는 그의 비서였던 젊고 아름다운 아내 마리아 고타마에게 이런 말을 남겼다고 한다.

그런데 사랑하는 두 사람 사이에 왜 칼이 놓이는가. 나는 그런 의문을 품었다. 어느 날 당신이 나를 찾아왔던 그 겨울밤 전까지는.

그 밤, 과묵했던 당신은 무척 괴로운 일을 겪고 있었고 나는 건너편 테이블에 앉아 말없이 그것을 듣고 있었다. 당신을 위로하지도 가까이 다가가지도 만지거나 붙잡지도 못했다. 손 내밀면 닿을 듯한 우리 사이에, 그러나 쉽게 닿을 수도, 닿아서도 안 되는 무엇이 놓여 있었기 때문이었다.

바깥은 깊은 어둠에 잠겨 있었다.

나는 집으로 돌아오는 택시 안에서, 그때 우리 사이에 놓여 있던 칼을 생각했다.

*

트리스탄은 문 가까이 누우면서 안쪽에 누운 이졸데를 보호하려고 검을 뽑아둔다. 연인들을 추격해온 마크왕은 검을 빼들고 오두막 안으로 들어선다. 연인은 벌거벗지도 않았고 서로 몸이 떨어져 있는데다 날 선 검이 그 사이를 가르고 있었다. 왕은 아내와 조카가 성적인 결백과 도리를 지키고 있다는 확신을 갖게 된다.

—폴 비릴리오, 『소멸의 미학』, 김경온 옮김, 연세대학교출판부, 2004.

수천 년 전 어느 밤의 일이었다. 서로 깊이 사랑했던 트리스탄과 이졸데는, 이졸데를 아내로 삼으려는 왕을 피해 외딴곳으로 숨어들었다. 어느 밤 왕이 그 은신처를 급습한다. 그런데 왕이 보기에 그들은 연인의 모습 같지가 않았다. 옷을 입고 누워 있었으며 그들 사이에는 칼이 놓여 있기까지 했던 것이다. 왕은

이 모습에 안심하고 그들을 살려주었다. 그들에게 '아무 일도 일어나지 않은 것'처럼 느껴졌기 때문이었다.

*

보르헤스는 트리스탄과 이졸데 사이에 놓였던 칼을 가져와 자신과 아내 사이에 두었고, 소설가 한강은 이 칼을 『희랍어 시간』문학동네, 2011에 가져와 서로를 사랑하게 될 한 남자와 한 여자 사이에 두었다.

소설 『희랍어 시간』의 여자는 촉망받는 시인이자 대학 강사다. 그녀는 필요 이상으로 많은 말을 해야 하는 상황에 괴로움을 느끼던 어느 날, 더는 바깥을 향해 말할 수 없게 된다. 실어증으로 말을 잃고 난 뒤 희랍어 강사인 남자에게서 죽은 언어인 희랍어를 배운다. 그녀는 이 세계의 언어가 하나였을 때를 이해하고자 한다. 언어가 언어 이전이었을 때를 알고자 한다.

그녀는 왜 말할 수 없게 되는가.

그것은 그들 사이에 왜 칼이 놓이는가, 와 동일한 차원의 질문이다. 그녀의 실어증은 세계에 대한 지나친, 도달할 수 없는 사랑 앞에 오는 무기력에서 비롯한다.

*

　마르그리트 뒤라스의 소설 『연인』에서도 우리는 이 칼을 볼
수 있다.

　서로의 육체만을 탐닉하던 연인은 다가올 이별을 앞두고 불
구처럼 침대 위에 누워 있기만 한다. 너무 사랑한 나머지 어떤
것도 더 할 수 없게 된 두 사람. 그들은 더이상 서로의 육체를
원하지도 않는다. 사랑은 교환 불가능한 것이다. 죽음보다 영원
한 침묵의 순간이 찾아오고, 두 사람은 이제 죽음에 가까워 보
인다.

자신을 내맡기려는 열망

"어째서 당신은 꽃을 그렇게 크게 그리나요?"

미국 화가 조지아 오키프는 작은 꽃의 세부를 크게 그린 그림을 두고 이런 질문을 받았다. 그녀는 모두가 꽃을 작게 그리면서 '왜 꽃을 작게 그리는지'는 묻지 않는 게 이상하다고 했다. 그녀는 그것이 무엇이든 '나에게 중요한 만큼 크게 그린다'고 말했다.

원근법이 고안되고 우리가 수학적 질서에 따라 세상을 바라보게 된 건 그리 오랜 일이 아니다. 불과 7세기 전, 르네상스 시기 이전 화가들은 '깊이depth'가 없는 그림을 그렸다. (그 시기 그림에 담긴 세계는 어린아이가 그린 것처럼 평평해 보인다.) 가까운 것은 크게, 먼 것은 작게 보이게 그려내는 원근법은 그림을 진짜 같아 보이게 했지만 동시에 풍경의 위계를 만들어냈다.

원근법의 시각은 사랑을 표현하는 데는 어울리지 않는 것으로 보인다. 사랑하는 사람은 거리의 위상을 무너뜨리는 사람이기 때문이다. 그는 무엇이 가깝고 먼지 알지 못한다. 그는 다만 어린아이처럼 자신에게 중요한 것을 크게 볼 수 있을 뿐이다.

『카트린 M의 성생활』이세욱 옮김, 열린책들, 2010을 쓴 카트린 밀레는 섹스를 묘사함에 있어, 자신이 그리는 풍경에서 빠져나오거나 해석자가 되는 것이 이치에 맞지 않는다고 생각했다. 그래서 그녀는 원근법을 모르는 사람처럼 자신의 섹스를 묘사했다.

책 속에서 그녀의 '거리감'은 특이하게 나타난다. 카트린 M의 섹스는 시간 순서에 따라 쓰여진 것이 아니라, 그 자신이 경험한 섹스 클럽이 있던 대저택의 구별되지 않는 방과 방들을 눈먼 상태로 통과하듯 쓰여졌다. 카트린은 자신의 성에 대해 결론을 내리기보다 그 자체를 탐구해보려 한 것 같다. 그녀는 이로써 자신을 원근법이 고안되기 전 그림을 그리던 고전 화가의 자리에 위치시켰다.

카트린 밀레는 성에 대해 말할 때 전체를 조망하듯 말하는 태도를 거부했고 하나의 판단을 내리는 대신 각각의 섹스들이 어떻게 달랐는지를 썼다. 이것이 옳고 이것이 그르며, 이것이 보통의 성적 욕망이라는 사회적 관습을 거부하면서.

놀랄 만큼의 성실한 묘사는 그런 탐구에서 나온다. 그녀는

"우리보다 앞서 나타났던 모든 것을 잊어버리고 우리 눈에 보이는 것의 이미지를 제시해야 한다"는 세잔의 생각을 인용하는데, 이 말은 자신의 성의 역사를 직접 써보겠다는 선언처럼도 들린다. 그녀의 욕망은 포르노처럼 보이기도 하고 보통 사람의 것처럼 보이기도 하지만 복잡하며 좀처럼 종잡을 수 없는 그녀만의 것이다.

카트린 밀레는 분명 뭔가를 감추려 하지 않았다. 그러나 성에 관한 집요하고도 특이한 이런 탐구는 대중들에게 도리어 어떤 것이 다 밝혀지지 않았다는 인상을 남겼다.

글을 써서 자신의 성을 규명하려는 시도, 그것이 주로 여성에 의해 이루어지고 있다는 사실은 흥미롭다. 여성 혹은 LGBT 정체성을 지닌 이들. 이 점은 성과 사랑의 문제가 개인의 것으로 보이지만 실은 사회적 승인과 긴밀히 연관되어 있다는 사실을 보여준다. 성을 통해 정체성을 규명하려는 글쓰기는 남성(혹은 여성) 편력의 연대기와는 전적으로 다르다.

대부분의 여성과 여성적 자아를 지닌 이들에게 자신의 성은 출발점과도 같다. 성과 사랑의 문제에 있어 온전히 자유로운 사람은 그에 관해 말할 필요를 느끼지 않을 것이다. 오직 자기 자신을 극복하지 못한, 극복해야 할 필요가 있는 사람들만이 자신을 폭로하려는 열망을 갖는다. 그들은 그들 서사의 관찰자가 되지 못한 채 자전적인 글을 쓰고 말한다. 그런 행위를 통해 억압에서 잠시나마 해방되고자 한다. 글쓰기는 본질적으로 경계를 확장하는 자유를 향한 시도다. 자신의 정체성을 규명할 이유가 없거나, 그 단계를 마친 이들은 그보다 보편적인 주제를 탐구한다. 반면 어떤 여성(적 존재)들은 매번 비슷한 연애에 실패하는 사람처럼 비슷한 사랑 이야기에 새롭게 사로잡힌다.

카트린 밀레의 글이 외설일 수 없는 이유는 그녀가 본질적으로 자신의 정체성을 탐구하고 있기 때문이다. 그녀는 실제 자신의 책을 "자기 성찰의 연대기" "하나의 진실, 어떤 독특한 존재의 진실을 밝히기 위한 텍스트"라 명명한다.

그녀의 가장 흥미로운 말 가운데 하나는 "나는 내 강연의 청중과 성적인 파트너들에게 그랬던 것처럼 그들에게 나를 온전히 내맡기는 모습을 보이려고 한다"는 표현이다. 그녀에게는 성적인 체험과 강연과 책을 쓰는 일 모두가 타자에게 나를 내맡기려는 욕망에서 나타나는 것 같다.

사랑의 열정이란 공유될 수 없는 것이다. 그러므로 타자에게 열정을 전달하려는 시도는 언제나 실패할 수밖에 없다. 그럼에도 낯선 이들 앞에 자신을 내던질 수 있는 자유가 그녀에게는 중요하다. 카트린 밀레는 고작 그것을 위해 수백 페이지가 넘는 책을 썼다.

엘프리데 옐리네크의 『피아노 치는 여자』이병애 옮김, 문학동네, 2009 에는 카트린과는 반대로, 연애도 못한 채 어머니에게 감시당하는 여자 에리카가 나온다. 그녀는 건축을 전공하는 학생 발터 클레머에게 사랑을 느끼지만, 그가 자신에게 잠시 매혹된 것일까봐 두려워한다. 그녀는 클레머보다 나이가 많고 교수란 지위도 있다. 하지만 사랑에 빠지는 순간 그를 통제할 수 없는 낮은 계급이 될지 모른다는 사실이 두렵다. 극심한 사랑의 고통을 끝까지 숨기는 방식은 다만 상대에게 더 강하게 보이는 것이다. 에리카는 화장실에서 클레머의 바지를 내리고 그의 욕망을 자극하지만 끝까지 평범한 관계는 거부하는 모습을 보인다. 그녀는 자신을 완전히 허물어뜨릴 강력한 사랑을 열망하지만 동시에 자신의 삶을 파괴할지도 모르는 그 사랑을 두려워한다.

집에 돌아온 에리카는 면도칼을 들고 욕실로 간다. 밖에서 누굴 만났느냐며 계속 질문해대는 엄마에게 이런저런 거짓말을 둘러대다가 혼자 남았을 때 자기 허벅지에 상처를 낸다.

가끔 그녀는 심야 자동차 극장에 가서 영화를 보며 사랑을 나누는 연인들을 몰래 지켜보다가 오줌을 누기도 한다. 상호적인 사랑을 경험해본 적 없기에 혼자 배설하는 것이다. 『카트린 M의 성생활』에도 카트린이 오줌 누는 장면이 나온다. 그런데 어린 카트린이 오줌 누는 것을 누군가에게 들켜버린 수치의 순간 자기 자신을 다른 세계로 내던져버렸다면, 『피아노 치는 여자』의 에리카 코후트는 그 욕망을 어떻게 처리해야 할지 알지 못한 채 주저한다. 그녀는 자신을 내맡기는 경험을 하기엔 너무 나이들었고, 나이들었음에도 여전히 누군가에게 자신을 내맡

기고자 하는 지극히 여성적인 열정에 사로잡혀 산다. 그것이 에리카의 고통이다. 그녀는 스스로 이 껍데기를 깨고 나올 수 없으니, 자신을 강간해달라고 어린 애인에게 기나긴 편지를 쓴다.

카트린 밀레의 문체는 벌집 같은 미궁 속에 가득한 육체들을 탐색하는 자리로 우리를 이끈다. 반면 옐리네크의 문체는 시체 검안실에서 느닷없이 터지는 플래시 앞으로 우리를 데려간다. 이들은 각기 다른 방식을 통해 우리에게 육체를 완전히 낯선 것으로 제시해 보인다.

열정과 억압의 문제는 실은 같은 것이다. 사랑 없이는 증오가 불가능한 것처럼.

카트린과 에리카의 이야기는 둘 다 자신을 내던지고 싶어하는 여자의 것이고, 결코 자신을 벗어날 수 없었던 이들의 자전적인 이야기다. 사랑하는 사람은 그 사랑의 대상인 타자를 통해 다른 세계로 건너갈 수 있기를 열망한다. 그것이 불가능한 염원일지라도.

chapter 5

이별하는
사람

어둠이라는 권리

극장에는 눈먼 사람, 잠든 사람, 읽을 수 없는 사람이 있다.

영화관 앞 사거리에서, 눈먼 남자와 마주쳤다.

그는 택시 잡는 걸 도와달라고 큰 목소리로 외치고 있었다. 영화 시간을 앞두고 있어 그를 지나치려 했다. 그러나 아무도 그를 돌아보지 않는다는 사실이 나를 멈추게 했다. 나는 그에게 다가가 택시를 잡아주겠다고 말했다. 택시 한 대가 우리 앞에 멈췄을 때, 이제 그 낯선 남자를 떠날 수 있겠다는 생각에 안도감을 느꼈다. 그런데 멈춰 선 기사를 향해 남자는 이렇게 말하는 것이었다.

"저는 앞이 보이지 않아요. 죄송하지만 돈이 없으니 종각역

까지만 태워줄 수 있을까요?"

택시 기사는 욕을 하며 자리를 떠나버렸고 나는 곤혹스러운 마음이 들었다. 남자는 어디를 바라보는지 모를 얼굴로 내게 물었다. 버스를 타고 다른 곳으로 이동하려 하는데 종각역 버스 정류장까지만 같이 가주겠느냐고. 그러더니 그는 갑자기 내 왼편에서 팔을 단단히 붙잡으며, 이대로만 가면 된다고 말했다.

나는 그렇게 낯선 남자와 함께 길을 걸으며 얼마간 그의 이야기를 들었다.

다시 만나면 적어도 삼십 년은 행복할 거야. 돌아가면 더 사랑하고 더 열심히 살게.

담배 십만 개비도 사주고 싶고, 예쁜 드레스 여러 벌과 자동차도, 늘 꿈꾸던 화산암으로 지은 집과 작은 꽃다발도 주고 싶지만 그것보다는 좋은 포도주 한잔하며 날 생각해줘.

여기는 일이 산더미야. 일꾼은 백 명이 넘어.

이틀 전 내 생일날 당신 생각을 오래했어.

내 편지는 잘 도착했어?

당신은 여전히 소식이 없네. 언젠간 오겠지.

매일 매 순간 당신과 나만을 위한 아름다운 말을 외워.

우아한 비단 잠옷처럼 우리에게 꼭 어울리는 말을.

한 달에 편지 한 통밖에 못 보내.

당신은 여전히 소식이 없네. 벽을 쌓다보면 무서워져.
내겐 시멘트와 곡괭이. 당신에겐 침묵. 날 삼켜버릴 듯한 웅덩이.
이 끔찍한 공포를 견디기가 힘들어.
당신 머리칼은 마른풀처럼 느껴지고 때로는 당신을 잊어버릴 것
같기도 해.
ㅡ페드로 코스타, 〈행진하는 청춘〉(2006)

영화관에 가까스로 도착했을 때 영화는 이미 시작되어 있었
다. 나는 문 바로 앞 커튼을 조심스레 젖힌 채 어둠에 눈이 적응
하기까지 잠시 기다리며 서 있었다.

영화 속 남자는 아내와 집을 잃은 뒤, 여러 곳을 옮겨다니며
만난 이들에게 자신의 이야기를 했다. 그는 할말이 많은 것 같
았다. 어쩌면 필사적으로 침묵을 채우려 했던 것인지도 모른
다. 그는 계속 알 수 없는 편지글을 중얼거렸다. 그때 내가 이해
했던 건 그의 피곤한 중얼거림이 어울리지 않게도 사랑에 관한
아름다운 독백이었다는 것뿐이다.

이제 당신은 없고 꽃다발도 편지도 없다. 남은 것은 외우고
외워서 기억 속에 남은 단어들뿐.

그가 (문자를) 읽을 수 없다는 걸, 영화를 보는 동안 나는 알
지 못했다. 읽을 수 없기에 그에게는 종이가 없었고, 외우고 외

워 얻게 된 이 말들만이, 화면 밖을 떠도는 목소리로 남아 있었다. 그 목소리를 들으며 잠이 들었다. 어둠 속에서 꼭 방향을 잃어버린 느낌이었다. 극장을 나온 뒤에도 그 느낌은 이어졌다.

언젠가 들었던 영화 수업에서 선생님이 이런 말을 한 적이 있다. 세상에 어둠이 사라져가고 있고, 어쩌면 영화관만이 유일하게 어둠이 존속하는 최후의 공간이 될 것 같다고.

"그런데 그런 영화관에서조차 어둠이 사라지는 날이 올 수도 있겠지."

어둠은 우리가 잠들 수 있는, 홀로 생각하거나 눈물 흘릴 수 있는 비밀한 시간에 관계된 것이다. 파스칼 키냐르는 『은밀한 생』에 어떤 인간도 볼 수 없는 두 가지 이미지를 제시했다. 하나는 그 자신이 수태되는 사랑의 이미지다. 한 남자와 한 여자의 하룻밤으로 우리는 태어났다. 다른 하나는 잠든 이의 눈꺼풀 뒤편에서 나타나는 꿈의 이미지다. 우리는 누구도 자신의 시작과 끝을 보지 못한다. 우리의 원형이 되는 그 상반된 두 개의 이미지가 어둠 속에 감춰져 있기 때문이다.

꿈을 꾸기 위해서는 잠에 빠져야만 한다. 사랑하는 연인들은 어둠을 찾는다. 죽음을 앞둔 동물들은 누구의 눈에도 띄지 않을 은신처를 찾아 헤맨다. 영화는 밝은 방에서는 상영될 수 없으며, 필름에 담기는 모든 이미지들은 빛을 통해 새겨지지만, 반드시 한 번은 물리적인 죽음(현상 과정)을 통과해야만 우리 눈에 보일 수 있는 네거티브 상이 된다.

작가의 글쓰기는 밝은 탁자 위에서 이뤄지는 것처럼 보인다. 그러나 세상과의 단절, 고독이라는 깊은 어둠을 거쳐서만 비로소 그것은 나타난다. 독서도 마찬가지다. 어떤 문장들은 단숨에 우리의 시선을 낚아채지만 어떤 문장들은 서서히 그 속에 스며들 것을 요구한다. 그런 세계에 들어서기 위해 우리가 견뎌야 하는 것은 어둠이라는 시간이다.

이처럼 어둠은 사랑의 권리이고 꿈꾸는 사람, 이미지를 보는 사람의 권리이기도 하다. 그러나 이십사 시간 불 켜진 상점들로 가득한 빛의 도시에서 우리는 스스로의 권리를 파기한다. 이곳에서는 거꾸로 이미지의 소멸, 사랑의 소멸이 일어난다.

철학자 조르주 디디 위베르만은 『반딧불의 잔존』김홍기 옮김, 길, 2012을 통해 말한다. 오늘날 반딧불이 사라진 것이 아니라 우리가 그것을 볼 수 있을 만큼 충분히 어두운 곳에 있지 못한 거라고. 그러니 반딧불을 보기 위해 우리가 해야 하는 일은, 당연하게도 반딧불을 볼 수 있는 곳으로 가는 것이다.

이상한 말이었다. 어떤 것을 바라보기 위해 우리가 충분히 어두워져야만 한다는 것은. 그렇지만 뒤늦게 도착한 극장의 어둠 속에 서 있을 때면, 이해하지 못한 영화 앞에서 잠들고 난 다음이면, 왠지 그 말뜻을 이해할 수 있을 것 같았다.

단 하나의 테이블

　미야모토 테루의 소설 『환상의 빛』송태욱 옮김, 바다출판사, 2014에는 과거 사랑하는 사람을 사고로 잃었으나, 이제는 다른 사람과 살아가는 한 여자의 이야기가 나온다. 그녀는 현재를 살면서도 남몰래 과거의 남편을 향해 혼잣말을 하고 자기도 모르게 그와 비슷한 뒷모습을 가진 사람을 쫓으며 그를 향해 편지를 쓴다.

　이해할 수 없는 이별 앞에 선 사람들은 수천 수백 번 기억을 재생하며 부재하는 사랑을 붙잡으려 애쓴다. 세상 사람들이 잊으라 말한다 해도 그것은 결코 지워지지 않는, 이미 기억하는 사람의 일부가 된 어떤 것이다.

　우리는 흔히 사랑에 빠지기 전과 후의 시간을 가르곤 한다. 그러나 나는 이 소설을 읽은 뒤로는 이별 전과 후의 시간에 관해 더 깊이 생각해보게 되었다. 그후 〈머나먼 베트남〉(1967)이란 영화를 보고는 이별 후에 오는 애도의 시간이 떠난 사람과 남겨진 사람 사이에 놓이는 하나의 테이블이란 이미지로 나타날 수 있겠다는 생각을 하게 되었다.

〈머나먼 베트남〉은 십여 명의 유럽 감독들이 베트남전에 관한 자신의 견해를 담아 만든 다큐멘터리 영화다. 그중 프랑스 감독 아녜스 바르다는 베트남전 자체가 아니라 개인의 삶을 이야기하는 방식으로 영화를 찍었다. 그것은 전쟁으로 야기된 정치적 사건으로 사랑하는 사람을 잃은 가족의 모습을 담는 것이었다. 그 가족들은 테이블 앞에 앉아 부재하는 사람에 대해 말한다.

베트남전이 한창이고, 전쟁을 둘러싼 찬반 논란이 미국 내에서 고조되었을 때의 일이다. 영화는 두 개의 테이블을 보여준다. 하나는 프랑스에 있는 베트남 가족의 정원에 놓인 테이블이고, 다른 하나는 미국의 어느 퀘이커교도 가족의 거실에 놓인 테이블이다.

바르다는 서로 다른 곳에 위치한 테이블에 앉아 말하는 두 명의 여성을 교차해 보여준다. 이 두 테이블에 앉은 여성들은 서로 만난 적 없고 다른 나라 사람이며 다른 사랑을 경험했다. 하지만 동시에 그들은 한 여자이고 한 아이의 어머니이며 한 남자의 아내다.

베트남 여인은 프랑스에 살고 있다. 그녀는 어떤 미국 남자의 죽음을 접한 뒤 미국인에 대한 증오를 거두게 됐다. 수박 한 통과 칼이 놓인 테이블에 앉아 그녀는 베트남전을 이야기한다. 절반으로 나뉜 고요하고 거대한 붉은 살의 세계가 눈앞에 펼쳐져 있다.

"우리는 미국인들을 나쁜 사람들이라고 생각했죠. 하지만……"

미국 여인은 거실에서 가족들과 평범한 일상의 대화를 나누며 식사를 하고 있다. 그녀의 남편은 베트남전 중단을 요구하며 분신한 사람이다. 우리는 한순간 두 여인이 같은 사람에 대해 말하고 있다는 사실을 깨닫는다.

미국 여인은 자신의 남편에 관해 담담히 증언한다.

"오전에 그는 사라졌죠. 다음날 전화를 받고 그가 떠났다는 것을 알았어요. 전날 밤 테이블에서 그는 말했어요. '우리는 하느님이 주신 양식을 먹으며 행복한데, 저멀리 베트남에서는 그렇지 않다는 게 나를 고통스럽게 해.' 그는 그런 사람이었어요. 설령 그가 분신할 것을 내가 알았다 해도, 그는 그렇게 했을 거예요. 아이들에게는 설명하기 어려웠지만, 그래도 잘 이해해주었다고 생각해요."

영화가 끝난 뒤에도 이 테이블의 이미지는 내게 오래도록 남아 있었다.

*

한국에서 애도는 깨끗한 흰옷을 입은 사람들의 통곡으로 나타난다. 초상집에 온 사람들이 음식을 먹는 거대한 밥상으로, 향을 피우고 절을 올리는 제사상으로. 그런 다음 테이블은 감쪽같이 사라진다. 큰 병원 한쪽에는 장례식장이 있지만 눈에 잘 띄지 않도록 감춰져 있고 묘지 역시 마찬가지다. 상실의 기억은 우리 곁에 남아 있다기보다 우리에게서 먼 곳에 있다. 어쩌면 오늘날 한국인이 지닌 한의 정서는, 애도를 제사라는 제의를 통해서만 표출하는 거기 어디쯤에서 생겨나는 것인지도 모르겠다.

그러나 제의라는 전통의 의미가 빛바랜 지금, 이곳의 애도는 어떻게 나타나고 있을까. 캡처된 사진과 몇 줄의 트위터 문구, '함께하겠습니다' '잊지 않겠습니다'란 텍스트, 노란색 리본 이미지. 그것들이 복사되어 퍼지다가 또다른 사건으로 매일 대체되는 타임라인이 있는 한편, 아직도 옛날 방식으로 광화문 광장 앞 비닐 천막 안에 테이블을 펴놓고 떠난 이와의 대면을 기다리는 사람들이 있다.

이제 우는소리 그만하라는 어떤 이들의 가혹한 충고는 죽음에 대한 현재 한국사회의 통념과 맞물리는 것처럼 보인다. 죽은 자들은 죽은 자들일 뿐이고 산 사람들은 산 사람의 세계를 이어가야 한다는 생의 경계에 대한 확고한 태도. 그러나 사랑하는 사람과의 결별 앞에서 그 이유를 알지 못한 채 남겨진 사람들은 평생 그것을 해명해야만 하는 필요 앞에 서기도 한다. 이별이 온전한 것이 아닐 때 제사는 영원히 끝나지 않기 때문이다. 한강은 광주 학살에 관한 소설 『소년이 온다』창비, 2014에서 이렇게 쓰기도 했다. "네가 죽은 뒤 장례식을 치르지 못해 내 삶이 장례식이 되었다."

애도를 은폐하려는 시도는 존재 자체를 없던 것으로 수정하려 든다. 지금도 광화문 광장에는 삶에도 죽음에도 속하지 않은 유령 같은 영역이 있다. 그 자리는 명백히 모두의 눈에 띄는 곳에 남아 있지만 누구의 눈에도 띄지 않는 것처럼 보인다. 언젠가 한번은 바로 그 광장에서 축제가 벌어지는 걸 보았다. 그것은 곁에서 애도하는 존재가 눈에 보이지 않는다는 확신이 없다면 불가능한 일이었다. 그러나 애도하는 자에게서 새어나오는 신음 소리를 막는 것으로 이별이란 사건은 결코 사라지지 않는다.

그럼에도 상당수의 한국인들이 보여주는 애도에 관한 부정은, 역사적으로 반복된 집단 트라우마에서 온다는 정신과 전문의 정혜신씨의 글을 읽은 적이 있다. 지금까지도 명확히 해결되지 않고 남은 전쟁, 학살의 반복, 그럼에도 묵묵히 살아내야 한다는 암묵적 강요, 많은 사람들은 일찍이 자신을 넘어선 것을 보아버렸고 처리 불가능한 사건을 겨우 통과시키는 방식으로 삶을 치러냈다.

그렇다면 애도에 동참하는 것은 어떻게 가능할까. 이 시대에 잊지 않겠다는 다짐은 눈으로 보여지고 증명받아야 하는 일처럼도 보인다. 텔레비전을 통해 대중에 호소하거나, 해시태그를 단 인증샷을 올리거나, 메신저 프로필을 바꾸는 일, 단체 채팅방에 기사를 퍼나르는 방식으로.

모든 것이 폭로되는 상황에서조차 결코 드러낼 수도 입증할 수도 없는 개인의 내면이란 문제가 남는다. 흠잡히지 않기 위한 일관성의 논리를 갖추기 위해, 모두가 거짓 서사를 꾸며내야 하는 세상에서는 성숙한 애도가 가능할 것 같지가 않다.

과연 이곳에서 애도의 이미지를 찾을 수 있을까.

*

모든 것을 보여주면서 아무것도 보여주지 못하는 이미지가 있다.

모든 것을 보여주는데 보여지는 자체로 감각적이고 풍요로운 이미지가 있다.

모든 것을 보여주는데 뭔가 보여질 수 없는 것이 있음을 표상하는 이미지도 있다.

거의 모든 것을 드러내거나 또는 감췄는데, 그것이 너무 차가운 나머지 꽉 쥐지 못한 손에서 새어나오는 이미지가 있다.

로버트 와이즈의 영화 〈두 연인〉(1973)에서 나는 마지막 유형의 이미지를 보았다. 그리고 그 이미지는 〈머나먼 베트남〉에서 두 여성이 앉아 있던 테이블과 잇닿는 하나의 평화로운 테이블의 모습으로 나타났다. 〈두 연인〉은 베트남전 당시 탈영하여 삼 년째 세상을 떠돌던 남자와 모로코의 기차 안에서 우연히 만난 아름다운 모델의 사랑 이야기를 담고 있다. 남자는 미국으로의 송환을 앞두고 있고, 여자는 모로코에서 촬영을 마치고 역시 미국으로 돌아가는 여정에 있다. 그들은 어쩌다 미국으로 돌아가기 전 마지막 하루를 함께 보내게 되는데, 영화를 본 뒤에 남는 첫번째 이미지는 그 마지막 사랑의 날에 다가온 무한한 밤이다.

그리고 갑자기 다가온 아침의 날카로움.

두 연인은 미국 대사관 앞을 걷는다. 비자를 발급받기 위해 대사관 앞에 길게 줄을 선 불법 체류자들을 가리키며 남자가 여자에게 말한다.

"나는 당신을 저런 사람으로 만들 순 없어."

그가 본국 송환을 거부하고 그녀와 함께한다면, 그들의 미래는 비자 발급을 기약 없이 기다리는 사람들의 비참과 다르지 않을 것이다. 그때 대사관 출입구에서 차가 한 대 빠져나오고 그것이 두 연인 사이를 갈라놓는다.

미국에 도착해 입국 사실을 신고하기 전, 두 사람은 여자의 집에 방문한다. 그녀에게는 전남편과의 사이에서 얻은 아이가 있다. 그들은 마치 가족처럼 아이와 함께 공원에 가서 마지막 시간을 보낸다. 어쩌면 다시는 만날 수 없을지 모른다는 걸 알면서.

이 평화로운 오후의 거실과 공원은 베트남전에 반대하며 분신한 남편을 기억하는 아내의 테이블과 겹쳐진다. 일상의 테이블 안에 숨겨진 죽음, 세계의 끝을 향해 바다처럼 펼쳐진 긴 테이블의 막막함이 떠오른다.

당신과 나 사이에는 테이블이 놓여야 하지요
테이블 아래로 밤이 자꾸 와서
당신과 나 사이가 깊어지지요
글썽이는 것들은 모두 그곳에 묻히지요
─이원, 「서로의 무릎이 닿는다면」『불가능한 종이의 역사』

이 시는 이미 다른 세상으로 간 사람을 향한 연서처럼 읽힌다. 우리가 결별한 사랑의 대상에 대해 마땅히 갖춰야 할 애도의 형식으로 읽힌다. 바라보기 위해 테이블을 놓아, 당신과 나 '사이'의 거리를 만들어내야만 하고, 글썽이는 바다까지도 놓아야만 하는 사람.

그는 사랑하는 사람이다.

이별은 잊는 것이 아니라 도리어 부재하는 사람과 마주앉을 한 개의 테이블을 필요로 한다.

테이블을 꺼낼 힘이 필요하다.

바라본다면 우리 앞에 나타날 테이블을.

chapter 6

기억하는
사람

슬픔의 자세

토니 모리슨의 『재즈』최인자 옮김, 문학동네, 2015는 어느 날, 신문에 실린 한 장의 사진에서 비롯되었다. 사진은 죽어가는 흑인 소녀를 찍은 것이다. 소녀는 자신을 총으로 쏜 범인을 알았다. 그러나 마지막까지 그가 누구인지를 사람들에게 말하지 않고 숨을 거두었다. 소녀를 죽인 범인은 소녀가 사랑하던 남자였다. 그 또한 소녀를 사랑했다. 모리슨은 이 사진을 통해 말 못할 소녀의 사랑과 증오, 인간적인 의리, 죽음을 둘러싼 갈등이 뒤섞인 하나의 이야기를 포착해낸다.

남자에게는 아내가 있었다. 소녀가 죽었으므로, 아내는 그녀를 더 증오했다. 하지만 이길 수 없는 싸움이었다. 소녀는 가장 사랑스러운 모습으로 고정되어 변하지 않을 것이었기에. 죽었지만 영원히 살아 있는 것이었기에.

같은 이유로 남자는 영원히 그 이미지를 가슴속에 간직했다.

*

여자는 그해, 서른아홉이었다.

그녀는 남편이 있었고 친구들, 동료들, 많은 지인들이 있었다. 누구도 더이상 기억하지 않았지만 죽은 형제가 있었으며, 그렇기에 그녀의 부모에게 남겨진 유일한 딸이기도 했다. 꽤 좋은 집을 소유했고, 그리 어려운 문제가 아니라는 듯 돈 얘기를 할 줄 아는 호쾌함도 있었다. 사람들은 그녀를 좋아했으며 그녀도 그들을 좋아했다. 하지만 내심 한편으로 그녀는 누구도 마음속에 들이지 않았다. 때문에 누구에게든 날카로운 말을 꺼내길 주저하지 않았고, 사람들은 이를 정직한 감식안이라 여겼다. 그녀는 타인의 호감을 얻는 법을 체득한 사람이었다.

가끔 어떤 뜻에서였는지 그녀는, 사람들을 만난 자리에서 일부러 내가 관심 있어 할 법한 사람들을 더 불러냈다. 함께 차를 타고 가다가 관심이 가는 사람에 대해 이야기하면 곧 그 사람이 맞은편에 앉아 있는 식이었다. 그녀의 전화 한 통에 사람들은 어렵지 않게 나타났다. 그중엔 그녀 남편의 친구도 있었다. 그녀는 나를 그, 그녀, 그들에게 소개시켰다. 나는 그들에게 인사했고, 함께 차나 술을 마셨다. 나는 내가 언젠가 입에 담았던 목록의 사람들이 앉아 있는 탁자 끝을 바라보며 그들 앞에서 결국 중요한 말은 한마디도 하지 않았다. 그녀는 내가 입에 담은 것이라면 무엇이든 가져다주려 했을지도 모른다.

사랑인가. 그녀는 나를 사랑하는가. 그 질문은 당신은 나를 사랑하는가, 로 치환되지 않았다. 그들이 거기 있기에 우리는 삼인칭으로 존재할 수 있었고 동시에 그들이 거기 있다는 건 중요하지 않았다. 우리가 거기 있기 위해 그 많은 사람들이 필요했던 것인지도 모른다. 사람들 사이에 있다면 얼마든지 친화성으로 대체될 수 있는 모호한 감정이, 멀고먼 우리 사이의 탁자에 놓여 있었다.

그녀는 언제나 대화를 주도했고 잘 웃었다. 하지만 새벽 몇 시쯤 얼굴 한쪽만이 일그러지는 순간이 있었다. 그런 표정으로 물끄러미 사람을 바라보는 습관이 있었다. 분명히 웃는 낯을 하고 있는 가면 같은 무표정의 얼굴이었다. 그것이 그녀의 외로움이었다. 그녀는 외로움을 일컬어 표정이 아니라, 자세라고 말했다.

그녀의 말대로 외로움이 결국 하나의 자세로만 남는 것이라면 그것은 뭉크의 〈목소리 / 여름밤〉이란 그림 속 여자의 그것과 같을 것이다.

이 그림은 무척 간결하다.

한 여자가 서 있다. 얼굴이 어두워 우리는 여자의 표정을 정확히 알 수 없다. 제목처럼 어떤 '목소리'일 사람들의 노랫소리가 그녀의 뒤쪽으로 흐른다. 배경은 마치 슬퍼하는 그녀의 감정이 반영된 것처럼 흐릿하게 나타난다. 저멀리 바다는 코발트빛을 띠고, 새들의 깃털 같기도 한 뱃놀이하는 사람들의 모습 속에도 태양의 오렌지빛이 느껴진다. 지상에도 물가에도 따뜻한 빛이 내려앉는 오후다.

그런데 그 빛은 먼 물결처럼 일렁이기만 할 뿐 이쪽으로 오지 않는다. 그것이 이 그림이 거리를 두는 방식이다. 배경이 이상할 만큼 멀고 아득하게 느껴지는 까닭이다. 여자는 빛의 세계로부터 멀고 대신 우리에게 가깝다. 어쩌면 그녀는 우리가 있는 쪽에 벽이 있다고 생각하며 그런 표정으로 서 있는지도 모른다. 우리는 가장 깊은 어둠 속에서, 가장 슬퍼하고 있는 사람의 모습을 마주한다.

흐느낌을 견딜 때, 가슴과 얼굴은 저도 모르게 높은 곳을 바라본다. 그녀는 숲속에 있다. 나무들은 표정이 없다. 팔도 다리도 없이 높이로만 자라났다. 기다림으로 인해 자세만이 남았다. 그녀는 그 나무들 사이에 있다.

그녀가 여자아이였을 때, 서점에서 혼자 많은 시간을 보내곤 했다.

스물셋의 여자아이는 어느 날, 평소처럼 문학 서가를 맴돌다 한국에 잘 알려지지 않은 어떤 독일 시인이 쓴 시집을 발견하게 된다. 헝겊으로 된 붉은 바탕에 단단한 장정, 제목이 '시'라고 적힌 책. 그것은 여자아이에게 비밀로 들어서는 입구와 같았다. 여자아이는 자기도 모르게 한 장씩 책장을 넘기며 『시』 속에 든 시편들을 읽어나간다. 나무에 관한 시 한 편을 발견하고 거기서 눈과 손이 멈춘다. 여자아이는 책장을 넘기지만 그것은 뭔가에 급습당한 자신의 마음을 감추려는 시늉일 뿐이다.

여자아이는 나무에 관한 페이지로 다시 돌아가 주위를 살핀다. 평일 낮시간의 문학 서가에는 그녀처럼 하릴없이 책 주위를 맴도는 사람들이 있다. 타인이 아니라 오로지 자기 자신과 관계하는, 활자의 세계에만 관심을 둔 떠돌이들. 그 세계가 곧 그들의 운명이 될 것이라고 여자아이는 생각한다.

그 시가 있는 페이지를 단번에 찢어낸다. 그러곤 그것을 접어 주머니에 구겨넣고는 처음부터 보지 않았던 것처럼 책장을 덮어 서가에 꽂아둔다. 감시하는 눈길을 떨치며 당당히 서점 문을 나선다. 책을 훔친 것이 아니라 다만 활자를 훔친 것이므로 아무도 그녀를 막지 못한다. 이 세계에서 감지되지 않는 절도에서 얻은 자유를 여자아이는 그날 이후 잊을 수 없게 된다. 그것이 그녀의 운명이 된다.

그녀는 이후로 다시는 그 페이지를 펴보지 않았다.
찢긴 페이지에는 이렇게 적혀 있었다. 마치 호주머니 속 어둠에 갇혀 자신의 미래를 알지 못하는 어떤 눈먼 고독을 노래하듯이.

큰키나무 숲은 그 나무들을 교육한다

나무들에게 빛을 잊는 습관을 들이며, 강요한다
그들의 푸르름 모두를 나무 꼭대기로 보낼 것을
모든 가지로 숨쉬는
능력을,
오로지 저렇듯 기쁨에서만 가지 치는
재능을,
줄일 것을

그 숲은 비를 체로 거른다,
상습적인 목마름을 예방하느라

큰키나무 숲은 나무들을 더욱 키 크게 한다

우듬지에 우듬지가 잇대어:

이제 나무가 보는 것은 다른 나무뿐이다,

어느 나무나 바람에게 하는 말이 똑같다

—라이너 쿤체, 「큰키나무 숲은 그 나무들을 키운다」, 『시』, 전
영애 옮김, 열음사, 2005.

*

그녀의 젊은 시절 사진을 본 적이 있다.

아무것도 변하지 않았지만 뭔가 변한 것 같은 느낌 때문에
우리는 앨범을 뒤적이곤 한다. 나도 그런 이유에서 그 사진을
눈여겨보았다. 긴 머리에 활짝 웃고 있는 스물셋의 여자아이.
하지만 내 맞은편에는 다시 그때로 돌아가고 싶지는 않아, 하고
말하며 담배를 피우는 서른아홉의 여자가 있다.

활짝 웃고 있는 그 한 장의 대학 졸업 사진은 젊은 여자의 아
름다움을 표표히 드러내고 있었다. 분명 그 여자아이는 괴로움
의 터널을 지나고 있었다지만 그런 건 보이지 않았다. 청춘의
아름다움이 지닌 표면이 그녀가 '돌아가고 싶지 않다'고 이름
붙였던 것들을 철저히 감추고 있었다. 세월이 흘러 다시 그녀를
마주하여 서른아홉 그해의 사진을 들여다본다 해도 알 수 있을
것이다. 결국 모든 감정이 사라지거나 변한 자리에서도 한 장의
이미지 속에 잔존하는 것은 덧없는 아름다움뿐이라는 것.

사라진 그림

오랜 시간 그림을 그렸다. 화실에 앉아 주어진 흰 종이를 채워나가던 시간이 있다. 그러다 도저히 아무것도 그릴 수가 없어서 울면서 바깥을 쏘다니던 시간도 있다. 나는 석고상을 그린 기억이 거의 없다. 그림이 서툴기도 했지만 모두가 같은 것을 그리고 비교하는 것이 싫었다. 사람이 있는 사진을 그리고 크로키를 했다. 주로 아름다운 사람을 골랐다. 아름다워야 한다고만, 생각했다. 대상을 고르는 기준은 그것 한 가지였다.

현실의 윤곽을 쪼개고 나눠서 정확하게 그리는 것을 좋아했다. 그러나 색감은 무척 다양하게 썼다. 칠을 하면서는 테두리와 붓자국, 그 속에 든 색의 경계를 지우고 뭉개나갔다. 왜 그렇게 다 지워버려야만 했을까.

그때의 그림들은 대부분 사라졌다. 종이가 찢어지도록(종이는 박박 문지른 살갗처럼 일어났다. 피가 날 것 같았다) 물로 씻어내고 흘려보냈던 그 빛깔들은, 그러나 내 마음 어딘가에 여전히 남아 있다.

기억이란 하나의 이야기에 지나지 않으며, 사람은 때때로 자신에게 유리하도록 상황을 창작한다는 사고가 과거의 무게를 견디지 못하여 헉헉거리는 나한테는 아주 자극적이었다. 어쩌면 나의 어두운 기억도 자기 연민으로 인한 픽션일지 모른다. 반발을 느낌과 동시에 자신의 과거를 문장으로 바꾸어놓을 수 있다는 가능성을 시사받은 듯한 느낌도 들었다. 그때부터 나는 언젠가 자신의 과거를 문장으로 옮겨 희곡으로 만들리라는 예감을 지녔던 것 같다.
—유미리,『물가의 요람』, 김난주 옮김, 고려원, 1998.

그때 '시적 진실'과 '현실의 사실' 사이에는 무척 큰 차이가 있다는 걸 어렴풋이 알았던 것 같다. 나는 오랜 시간 내가 품은 것이 진실에 가깝기를 바라왔다. 비록 현실에서는 사실이 아닐지라도.

화실에 같이 다니던, 귀가 들리지 않는 남자아이가 있었다. 나는 그 아이의 까만 눈동자가 참 좋았다. 몇 년이 되도록 우리는 거의 대화를 나누지 않았고 서로 그림을 그리는 모습만을 보았다.

내가 그린 것 중에 그애가 좋아했던 그림이 있다. 여름 나무가 있는 풍경화다. 정면 왼편으로 나무가 한 그루 있고, 그 곁에 돌들이 놓여 있는 자리를 따라 시냇물이 흘러간다. 잎사귀에는 햇빛이, 나무의 몸통에는 시냇물의 흐름이 비쳤다. 그 안의 풍경들에 다른 사물의 빛이 닿았던 흔적을 새겨넣고 싶었다.

그애는 수화를 쓰지 않았다. 다른 사람의 입 모양과 느낌을 통해 직감적으로 알아듣곤 했다. 나는 말을 하다 생기는 오해가 싫어 그애와 아무 말도 하지 않았다. 그애 역시 그 나무 그림이 좋다고 나에게 얘기하지 않았다. 나는 화실 선생님이 벽에 붙어 있던 그 그림을 가리키며 했던 말을 잊지 않는다. D가 저 그림이 좋대, 특히 저 나무의 그늘 색깔이. 그 말을 듣고 그애를 돌아보았던 것도 기억한다. 그애는 아무것도 듣지 못한 채 그림을 그리는 뒷모습을 보이며 이젤 앞에 앉아 있었다.

나는 그때 내가 그린 것이 무엇인지 알지 못했다.

언제나 사랑이 먼저였고, 그것을 깨닫는 일이 뒤늦게 찾아왔던 것처럼.

사라지는 여인의 뒷모습

언젠가 찾아보고 싶은 영화가 한 편 있었다. 영화를 공부하게 된다면 찾을 수 있을까 막연히 생각했다. 물론 확실하지도 않은 기억 속의 영화를 찾기 위해 전공을 선택한 것은 아니었지만.

영화를 공부하는 것은 보는 것과 때로 거리가 멀었다. 결국 나는 그 영화를 찾지 못했다. 그러나 지금까지도 나는 그 영화에 대해 생각한다. 물론 어디까지나 그뿐. 실제의 영화를 찾지는 않았다. 찾는다 해도 그 시절 내가 느꼈던 그 감정들을 고스란히 되찾을 수는 없을 거라 생각했다.

어린 시절, 집에서 혼자 시간을 보내던 밤이면 영화를 보곤 했다. 그때 봤던 영화 중에는 홍콩의 무협영화도 있었고 간혹 공포영화도 있었으며 크시슈토프 키에슬로프스키나 자크 드미의 예술영화도 있었다. 그 시절, 여덟아홉 살부터 열다섯 살 무렵까지 내가 본 영화의 인상적인 장면들은 마음속에 하나의 원형적 이미지로 자리잡았다.

영화를 공부하면서 보게 된 영화들을 나는 좀더 잘 아는지도 모른다. 하지만 그것들은 거의 마음에 남지 않았다. 끝내 이해할 수 없는 것, 해석이 불가능하기에 그저 바라볼 수밖에 없는 것들. 그런 것들이 마음을 붙잡는다. 그렇기에 유년의 기억 속 이미지가 자신에게만은 더없이 강렬하게 간직되는 것 아닐까.

여기, 내가 온전히 기억하지 못하는 하나의 영화가 있다. 나는 이해할 수 없던 한 장면 때문에 이 영화에 완벽히 사로잡혔다. 어린아이는 전체를 보지 못한다. 전체를 파악하는 일이 중요하지 않기 때문이다. 다만 그 아이가 붙잡는 것은 가본 적 없는 낯선 해변의 뜨거운 태양, 그때 화면에 비춰진 아름다운 여자의 얼굴, 그녀의 손길 같은 것들이다. 그러므로 성인이 된 뒤에도 아이는 메워지지 않는 공백의 이미지를 찾아 미로 속을 헤매게 된다.

사라지고 있는 미지의 여인의 뒷모습에 매혹된 채 그녀를 따라 영원히 걷게 된다.

그것은 한 남자의 시점으로 보여진다.

한 여자가 문을 열고 안으로 들어온다. 여자는 아마 구두를 고르려고 왔던 것 같다. 그런데 여자가 들어선 공간이 구두를 파는 곳이었는지 기억이 나지 않는다. 공간 안에는 여자를 바라보는 한 남자가 있다. 여자는 무릎 정도 오는 치마를 입고 하이힐을 신고 있다. 그녀는 몸을 숙여 구두를 고쳐 신으려 했던 것 같다.

구두를 고쳐 신는 그녀의 뒤편으로 여자가 취한 것과 같은 자세의 그림이 걸려 있다. 남자는 그 그림을 바라본다. 그의 시선을 통해 남자가 그 그림을 평소 눈여겨보았다는 것을 알 수 있다. 그는 그 그림과 같은 몸짓을 하고 있는 여자를 바라본다. 남자의 시선이 거기 머무른다. 우리는 그 남자가 된 것처럼 그녀에게서 갑자기 눈을 떼지 못한다.

그녀는 그림 속 여자가 빠져나왔다는 인상을 준다. 귓불, 혹은 머리칼이 몇 올 빠져나온 목덜미의 클로즈업. 어쩌면 그는 여자의 향기를 맡고 순간 그녀에게 끌렸던 것일 수도 있다. 한순간 여자는 떠나겠다는 가벼운 인사를 다른 누군가에게 건넨 뒤 그곳을 빠져나가버린다. 남자는 짧은 순간 벌어진 사건을 미처 깨닫지 못한 상태다. 그가 현실로 돌아왔을 때는 벽에 걸린 그림만이 남아 있다. 그는 여자를 뒤쫓아 나간다. 언제나 그렇듯, 한발 뒤늦게. 여자는 자취를 감췄다. 남자는 그림 속의 여자를 찾아 떠돈다.

베른하르트 슐링크의 소설 『책 읽어주는 남자』김재혁 옮김, 시공사, 2013에서 가장 인상적인 장면은 한나가 스타킹 신는 장면이다. 그 모습에 매혹되었던 남자는 그후 만난 다른 여자들에게 스타킹을 신어볼 것을 부탁한다. 하지만 그는 원하던 느낌을 결코 다시 얻지 못한다. 다른 여자들은 그 부탁을 관능적인 제스처로 오해해서 그에게 성적인 매력을 드러내려고 노력했기 때문이다.

한나가 다른 여자들과 달랐던 이유. 한나의 움직임에는 일체의 군더더기가 없었다. 그녀는 타인의 시선을 거리끼지 않았던 것이다. 그는 한나가 스타킹을 신던 그 순간 자기 자신과 완벽히 교감한다는 인상을 받는다. 열다섯 살이었던 어린 소년은 성숙한 여인의 그런 모습에 눈을 떼지 못한다. 그리고 평생 재현될 수 없는 한 여인의 완벽한 아름다움을 생각하며 살아간다.

*

다음은 파편으로 존재하는 기억을 통해 유추해낸, 나의 기억 속 영화의 또다른 장면이다. 그러므로 이것은 존재하지 않는 영화에 관한 이미지일 수 있다.

남자가 밤거리를 걷다가 그녀와 비슷한 뒷모습을 가진 한 여인을 뒤쫓는다. 그런데 결국 붙잡은 여자는 그녀와 비슷할 뿐 전혀 무관한 사람이다.

남자는 잘 모르는 한 여자를 오랜 시간 뒤쫓아온 자신의 과거를 고백한다. 어쩌면 그가 그 이야기를 고백하여 낯선 여인이 남자를 이해하게 되었던 것도 같다. 한순간 우리는 낯선 여인의 부드러운 눈길을 통해 그를 바라본다. 어쩌면 낯선 여인이 그를 사랑하게 되었는지도 모른다. 남자가 최초에 만났던 구두를 고쳐 신던 여인에게 한순간 이끌렸던 것처럼.

영화가 그렇듯 기억이란 이미지로 된 점들을 이어 선을 만드는 과정일 수 있다. 우리는 각각 그 점들을 다르게 인식하고 자신만의 선을 간직한다.

왜 우리는 유사한 것, 혹은 닮은 것을 찾아 헤맬까.

마치 사실 그대로를 직면하는 것이 두렵기라도 한 것처럼. 실재보다 그와 닮은 어떤 것이 진실에 더 가까이 있기라도 하다는 듯.

같은 점을 두고도 모두가 다른 선을 긋는다는 게, 당연하다는 듯.

우산 가게의 여자아이

〈셰르부르의 우산〉(1964)은 알제리 전쟁 시기를 배경으로 한 두 연인의 사랑 영화이지만, 소도시 우산 가게에서 일하는 여자아이의 이야기이기도 하다. 그 영화를 처음 보았던 건 열 살 무렵. 엄마는 옷을 고치거나 만드는 일을 했고 엄마가 없을 때면 나는 가게를 보며 손님을 기다리곤 했다. 때때로 옷을 찾아가기로 한 어떤 손님은 오지 않았다. 어린 시절의 기억은 대개 갇혀 있는 내부의 작은 공간에서 바라본 바깥세상의 모습이다. 나는 그곳에서 내가 처음으로 돈을 주고 산 〈셰르부르의 우산〉 음반을 매일같이 들었다. 노래를 듣거나 따라 부르는 시간 동안은 미지의 세계에서 도착한 아름다운 색채가 현실 속에 펼쳐지는 것을 느낄 수 있었다. 영화가 끝난 지점에서 나는, 나의 영화를 시작하기를 꿈꾸었던 조숙한 아이였다. 그럼에도 한 가지를 이해하지 못했다.

그토록 사랑했던 사람들은 결국 왜 그 사랑을 이루지 못하는 걸까?

영화 속 두 사람은 어렸을 적 프랑스의 작은 도시 셰르부르에서 만났다. 여자는 어머니 몰래 남자를 만나며 그에게 영원한 사랑을 맹세했다. 그러던 어느 날, 남자가 알제리 전쟁에 징집되고 그들은 미래를 기약할 수 없는 결별을 맞는다.

여자는 남자가 전쟁에서 죽었다고 믿었으며 그와의 하룻밤에서 생겨난 아이를 받아줄 다른 사람과 결혼한다. 그러나 슬픈 기적처럼 남자는 살아 돌아온다. 그는 애인이 배신했다는 쓰라린 현실을 받아들이고 자신을 기다려준 다른 여자와 결혼한다. 이후 그들은 자신의 아이에게 서로가 연인이던 시절 그들의 아이 이름으로 생각해두었던 이름을 붙인다. 그 아이의 이름을 부르는 것. 그것이 그들이 사랑을 떠나보내는 동시에 그것을 자기 안에 존속시키는 방식이었다. 눈 오는 날 주유소에서 기름을 넣는 주인과 손님으로 수 년 만에 재회한 연인은, 담담한 태도로 서로의 아이 이름을 확인하고 그저 안부를 묻고는 헤어진다.

나는 받아들일 수 없는 결말을 보며 영사 사고가 난 것이라 믿었다. 오래도록 영화가 다시 시작되기를 기다렸다. 그러나 몇 년이 지나도 영화는 다시 시작되지 않았다. 그러므로 사랑은 아직 끝나지 않았고, 영화의 마지막 부분을 보게 될 때 이전의 감정을 떠올릴 수 있도록 보았던 모든 이야기를 기억하고 있어야 한다고 생각했다. 그러나 영화를 다시 찾아보는 법을 알지 못했다. 또 그때까지의 영화라는 건 쉽게 다시 볼 수 있는 것이 아니었다. 때문에, 내가 기억하는 이미지들이 나에게 남은 전부였다.

그것은 아날로그의 마지막 시대에 있었던 일.

그 시절의 기억과 이미지는 얼마간의 부재로 채워져 있을 수밖에 없었다. 모든 기억이 언제나 재생 가능하고 그 기억을 저장할 수 있는 공간마저 늘릴 수 있기에 이미지에 대한 절박함이 사라진 지금과는 다른 시절의 이야기이다.

사랑이 끝날 때 그 사랑은 모두 어디로 가게 되는 걸까.

기다림의 마지막날에, 사랑은 왜 스스로를 단념하는지 결국 나는 알지 못했다. 다시 만날 수 없고 이해할 수 없었기에 질문은 오래 마음에 남았다. 내가 기억하던 영화는 나의 영화였고, 이후 나는 몇 번 같은 제목의 영화를 볼 기회가 있었지만 그곳에서 그 영화를 찾을 수는 없었다. (그렇기에 언제나 나는 그곳으로 되돌아간다. 부재하는 기억의 장소. 그러나 기억이 보존된 장소로서의 영화.)

이제 실제의 배우들은 늙고 감독은 세상을 떠났다. 그러나 그날 그 거리의 연인은 사라졌는가. 우리는 그 사랑이 얼마나 간절했는지를 기억한다. 나는 영화 속에 그들 사랑의 거처가 있으며 그것이 돌이킬 수 없기 때문에 영원하다고 믿었다. 그리고 나의 이야기는 언제나 그곳에서 시작된다.

chapter 7

사랑
이후의
사람

오지 않은 과거

한번은 지하철 막차 안에서 노신사 옆자리에 앉았다. 그는 정장 차림에 중절모를 썼다. 이십 분쯤 지났을 때 그가 내게 조용히 말을 걸어왔다. 어디를 가시나요. 나는 곧 내린다고 대답했다. 그는 잠시 머뭇거리다 자신의 정면을 바라본 채, 오늘밤 나와 함께 있어주지 않겠느냐고 말했다. 그는 돈으로 여자를 사는 사람처럼 보이지는 않았다. 그런 그의 목소리는 경험 없는 청년처럼 가늘게 떨리고 있었다. 나는 지금 사랑하는 사람을 만나러 가는 중이라고, 그러니 그럴 수 없다고 말했다.

내가 사랑하는 사람을 만난 것은 그로부터 몇 년 뒤의 일이었다.

보르헤스는 말했다. 삶이 진실로만 이뤄져 있지 않다는 것을 깨달았다고. 온전한 진실일 수 없으므로 차라리 완벽한 거짓을 좇겠다고. 그런 뜻을 품었던 날, 그의 마음은 어땠을까.

새벽의 빵 굽는 냄새와 정오의 뜨거운 햇볕을 지나 해가 질 무렵까지 정원의 안락의자에 가만히 앉아 있는 그의 모습을 상상한다. 의자에 기대어 꺼져가는 햇볕의 냄새를 맡는다. 모든 것이 사라지는 것만 같다. 그는 생각한다. 이제 마지막이다. 오늘부터는 어제까지의 세계와 결별할 것이다. 앞으로 다른 세계를 살아갈 것이다. 그러므로 나는 다른 사람이다. 그렇게 그는, 거짓만을 이루며 살아가기로 담담히 결심한다. 그러나 세상은 이상한 곳이었다. 가장 거짓이라고 여겨지는 것만을 골라 말해도 세상 어딘가에서는 그런 거짓말이 참이 되는 일이 생겨났다.

그와 같은 시간, 같은 공간인 아르헨티나에 살았으며 이와 비슷한 생각을 가졌던 또다른 사람이 있었다. 소설가 가브리엘 가르시아 마르케스. 그에게도 그런 일은 있었다. 이런 일은 절대 없을 거라 여겨지는 거짓된 이미지들에 대해 그는 썼다. 그런데 놀랍게도, 어떻게 나만 간직한 비밀을 알고 있느냐며 사람들이 편지를 보내왔다. 그는 누구에게도 이해받을 수 없는 황당무계한 생각이라고 여기면서 다시 썼다. 그런데도 만난 적 없는 독자들로부터 끊임없이 편지가 도착했다. 완벽한 진실도 불가능했지만 완벽한 거짓 또한 불가능했다.

살면서 충격적인 상황을 경험할 때가 있다. 그 충격이란 엄밀히 말해, 주관적인 경험에 가까울 것이다. 피를 나눈 형제에게도 유년의 기억은 다르고, 사랑을 나눈 연인에게조차 그 사랑은 각자의 사건이다. 우리가 동일한 상황을 겪는다 해도 모두 똑같은 경험을 하지는 않는다.

왜 이런 일이 내게 일어난 걸까. 갑작스러운 사건을 맞았을 때 우리는 그런 생각을 한다. 그러고는 이 일을 모르는 타인을 찾아 말하기를 거듭한다. 하지만 누구도 그것을 제대로 알아듣는 것 같지 않다. 말하기에 지친 어느 날, 우리는 입 다무는 쪽을 택한다.

그들 역시 침묵에 잠겼다. 스스로 겪은 일을 쓴다 해도, 읽는 자가 그 말을 온전한 진실로 받아들이지 못한다. 한편 누구도 진실하다고 느끼지 못하는 이야기를 과연 진실한 이야기라 할 수 있을까? 그들은 일부러 거꾸로 말하기도, 사실과 거짓을 섞어 말하기도 했다. 그렇게 원하는 진실의 모양을 지어내기도 했다. 어떤 것도 틀리지는 않았다.

*

프랑스의 영화감독 알랭 레네는 어느 날, 히로시마에 관한 영화를 만들기로 결심한다.

커피를 한잔 마시기 위해 그는 카페에 앉아 있다. 그는 자신처럼 커피를 마시는 한 여성을 본다. 그녀가 특별히 아름답다거나 기억할 만한 면이 있는 것은 아니다. 그녀는 머리가 길고, 그 긴 머리를 틀어올려 쪽을 쪘다. 머리를 고정시키기 위해 두 개의 빗을 교차해 꽂아두었다. 그는 영화가 그와 같은 형태여야 한다고 막연히 믿었다. 그러고는 두 개의 빗과 같은 구조를 염두에 둔 채 영화를 완성했다.

영화를 통해 레네는 이렇게 생각하는 것 같다.

'우리에게 미래는 없다. 그것은 우리가 경험한 바 없기 때문에 실제로 존재한다 할 수도 없다. 어떤 의미에서, 미래는 현재가 잠재된 상태일 뿐이다. 그러므로 우리에게 존재하는 시간은 과거, 그리고 과거의 수많은 점들이 교차하여 만난 한 점인 현재뿐이다.'

사랑을 통해 우리는 타인의 한 점과 또다른 타인의 한 점이 만나는 이미지를 목격한다. 개별적인 삶을 살아왔던 것으로 보이는 두 개의 사건(언제나 축적된 시간 속에서, 그를 통해 존재한다는 점에서 인간은 곧 사건이다)은, 그러나 맞닿는 순간 서로의 과거를 포용한다. 포용한다는 것은 서로의 속내를 듣고 이해하거나 존중한다는 차원이 아니다. 두 개의 사건이 맞부딪친다는 것은 그런 차원을 넘어선다. 설령 물리적으로 과거가 공유

되는 지점이 없다고 해도 말이다.

*

어느 날, 그들은 해가 지는 모습을 바라보며 의자에 앉아 있었다.

곰곰이 생각했다. 아직 느끼거나 맛보고 만져보지 않은 감각과, 어디에도 쓰여지지 않았으며 경험하지 않은 사건들에 대해서.

펜을 들 때면, 그들은 언제나 유년 혹은 젊은 시절의 거리로 돌아가곤 했다. 마치 그곳에 무언가를 두고 온 사람처럼. 그들은 미친듯이 아르헨티나의 추억과 역사, 신화, 사랑하는 여인의 육체에 대해서 썼다. 그날의 거리들은 사라졌지만 잊히지 않는 이미지들은 언제나 그들 내부에 자리잡고 있었다. 너무나 생생해서 기억이라 할 수도 없었다. 그것만이 그들의 현재였고 진실이었다. 그들 삶의 유일한 증거였다. 글쓰는 육신은 늙고 병들어갔지만 그 손이 그려내는 활자 속 존재들은 너무도 젊고 강인했다. 주인이 돌아오지 않는 전당포에서 얼마를 받을지 알 수 없을 고장난 손목시계를 만지작거리며, 글 속에 미래를 저당잡힌 사람들처럼 그들은 썼다. "어쩌면 페이지 너머의 세계 쪽에 좀더 삶이 있는 것인지도 모르겠어."

침묵 속으로 걸어들어간 끝에 보르헤스는 눈이 멀었다. 세상의 모든 책을 모아둔 아르헨티나의 국립 도서관장이 되었으나 아무것도 읽을 수 없게 된 어느 날, 그는 알게 되었다. 우리 입장에서 볼 때 저 세계로 건너간 자들은, 그들의 입장에서 볼 때는 이 세계로 건너온 자들임을. 우리 눈에 보이지 않는 존재가 있다면, 그는 어디에도 없는 동시에 어디에나 있다고도 말할 수 있음을. 어쩌면 꿈의 세계가 보다 생생한 현실일 수도 있음을.

그는 그가 잃었다고 여겼던 어떤 시간들이 어쩌면 아직 오지 않았음을, 그 시간을 불러내기 위해서는 쓸 수밖에 없음을 알게 되었다. 세상의 거짓이 진실이 되는 순간을 깨닫게 되었다. 또한 믿게 되었다. 그것이 그가 이후로도 영원히 신뢰하게 될 진실의 유일한 형태였다.

가을 햇빛에 수혈을 받는 마음으로

메이 사튼은 사랑하는 사람과의 결별 뒤에 집으로 돌아와, 나뭇잎에 가을 햇빛이 쏟아지는 것을 응시하게 되었을 때, "가을 햇빛에 수혈을 받은" 기분이었다고 쓴다. 나는 이 문장을 줄리아 카메론의 『아티스트 웨이』임지호 옮김, 경당, 2012에서 발견했다. 이후엔 제목도 모르는 메이 사튼의 책을 떠올리면 가을 햇빛이 쏟아지는 오후를 생각하게 되었고, 거꾸로 가을 햇빛을 바라보면 나뭇잎이 되어 빛에 수혈을 받는 듯한 기분에 잠길 때가 있었다. 많은 것을 해야 하지만 아무것도 할 수 없을 때, 쏟아지고 잊히는 수많은 뉴스들과 사람들의 말 속에서, 정말로 깊은 무력감과 상실감에 빠져들 때 나는 나뭇잎의 이미지를 떠올리곤 했다. 나뭇잎은 아직 연두였고 바람이 불면 흔들리며 그저 거기에 가만히 있을 뿐이었지만, 이상하게도 내게 아직 살아 있다는 용기를 주었다.

줄리아 카메론은 이별의 아픔이 우리를 깨어 있는 상태로 각성시켜 세상을 섬세하게 바라보도록 만든다고 했다. 그녀의 말대로 세상에 대해 구체적인 관심을 기울일 때면, 풀잎 하나도 우리 존재를 향해 말을 걸어오는 듯한 느낌을 받게 된다. 그렇다면 세상을 바라보는 시야를 넓히기 위해서는 반드시 강력한 이별이 필요한가. 상처받을 사랑을 되풀이해야만 하는가. 그녀는 조금 다른 차원의 이야기를 꺼낸다. 우리가 매일 이별하고 있음을 직시한다면, 그만큼 스스로의 정신을 항상 깨어 있는 상태로 돌려놓는다면, 세상을 바라보는 방식은 충분히 달라지지 않을까, 하는.

*

집에서 누워 있는 날이 한없이 길어지던 때가 있었다. 다음 날을 맞는 것이 두려워 일찍 잠들지 못했고, 새로운 날을 시작하는 것은 더욱 두려워 눈뜨지 못하는 날들이 이어졌다. 창문 가까운 곳에서 작은 새들이 지저귀고 있었다. 심연의 바닥까지 내려갔던 어느 날, 문득 바깥에서 들리는 소리에 귀를 기울이게 되었다. 새들은 가까이 다가가면 그 기척만으로도 날아가버린다. 그래서 나는 먼 데서 들려오는 새소리를 가만히 붙잡았다.

그것만이 할 수 있는 유일한 일이었다.

몸이 아파 천장을 바라보며 오래 누워 있었다던 한 시인의 시를 읽었다. 시 속의 그녀는 오래전 사랑하는 사람과 이별한 뒤 세상 이곳저곳을 유람했는데 떠난 곳의 모든 풍경에서 그 사람을 발견할 수 있었다고 적고 있었다. 상실의 고통이 큰 만큼 많은 곳을 방랑해야 했을 테니 몸이 아픈 건 당연한 일이었다. 그녀는 통증을 안고 누운 채 자신이 바라보았던 모든 천장의 무늬와 색깔과 온도를 헤아려보고 있었다. 깊어진 천장 너머에서 하늘의 우물을 발견하고 있었다.

초록의 여러 층위를 발견하게 되면서 몸은 느리게 회복되었고
탐구가 게을러지면 다시 아팠다
러시아 인형 마트료시카처럼 꺼내어도 꺼내어도 새로운 다른 초
록이 나오는,
결국은 더 갈데없는 미세한 초록과 조우하게 되었을 때의 기쁨
이란
—조용미, 「초록을 말하다」, 『기억의 행성』, 문학과지성사, 2011.

불면의 시간이 찾아올 때면 가만히 통증을 바라보게 된다. 우리에게 몸이 없었다면 통증 또한 없었을 것이다. 그리고 통증이 없었다면 그토록 천천히 바라볼 시간 또한 주어지지 않았을 것이다. 그런 점에서 몸이 있다는 것은 불편하지만 동시에 감각

적인 일이다.

그것은 식물의 삶에 가깝다. 내면의 모험을 떠난 한 사람은 조용하지만 집요하게 혼자만의 탐구를 이어나간다. 눈먼 상태에서도 빛을 향해 뻗어나가는 줄기, 활짝 벌어지는 꽃잎과 호흡의 관능에 서서히 눈을 뜬다. 이처럼 고독한 사람의 적막 속에 슬픔만이 아니라 뜻밖의 세계를 여는 문이 하나 있다는 것을 나는 조용미의 시를 통해 알게 되었다. 그녀는 암흑의 심연을 오래 들여다보곤 그 너머에 깃든 초록의 색채를 "극세한 소리로 분별"해낸다. 그 문을 열어볼 만큼 사랑을 기다린 이는 세상에 그리 많지 않을 것이다. 새벽에 깨어난 사람만이 볼 수 있는 풍경. 그렇게 얻게 된 풍경은 그녀의 표현대로 헛되고 헛되었으나 빼어나게 아름답다.

방안의 어둠이 깊어질 때면 이따금 물속에 있는 듯한 기분에 잠겨든다. 그런 고요 속에서, 캄캄한 암흑의 문을 열고 뜻밖의 초록을 보았다던 그 여인을 생각했다. 그러다 깜빡 잠이 들었다. 꿈속에서 나는 모르는 여인의 무릎을 베고 잠들었다가 깨어났다. 나쓰메 소세키의 소설 『그 후』윤상인 옮김, 민음사, 2003의 도입은 그렇게 시작된다. 여인의 얼굴 크기만한 향기롭고 그윽한 동백이 상서롭고도 불길한 징조처럼 베개 위로 툭 떨어지며.

무릎을 빌려준 꿈속의 여인은 시 속의 목소리가 분명했다. 자신만의 폐쇄된 정원을 가꾸고 있던 그녀는, 나무의 입구에서

192

오래 지켜보았다던 겹겹의 색채에 대해 내게 말했다. 새의 날개를 닮아 고요히 타오르던 사이프러스의 불길과, 입구를 열면 또다시 새로운 입구가 벌어지는 초록의 신비를. 그리고 일찍이 그것을 바라보았던 한 남자에 대해.

*

빈센트 반 고흐는 자살로 생을 마감한 1890년, 오베르쉬르우아즈란 마을에서 생의 마지막 몇 달을 보냈다. 그리고 그 짧은 기간 동안에만 무려 칠십여 점의 작품을 남겼다. 오베르에 오기전 고흐는 정신분열과 환각, 신경쇠약 등의 증세로 생레미의 요양원에 머물렀다. 물론 그곳에서도 그는 붓을 놓지 않았다. 하지만 쇠약하고 병든 환자들로 가득찬 환경이 그로서는 참을 수 없이 갑갑했다. 그렇게 몸과 마음이 지친 상태에서 떠나온 고흐삶의 마지막 장소, 그곳이 바로 '오베르의 교회'가 있던 작은 마을이었다.

교회는 우리 정면에 아주 크게 놓여 있다. 그 위로 무거운 청색의 하늘이 느껴진다. 하늘에는 붉은빛도 검은빛도 보이지 않는다. 아직 저녁은 오지 않은 것 같다. 어쩌면 그저 흐린 날일수도 있다. 탁한 색채가 화가의 마음의 무게를 드러내는 듯도하다. 교회 왼편으로 난 소로를 걸어가는 한 여인의 뒷모습만이

몇 개의 선으로 엿보인다.

일요일인지도 모른다. 마을 사람들은 교회당 안에서 예배에 참여하고, 예배가 끝나면 집에 돌아가 불을 지피고 따뜻한 수프를 끓여 함께 저녁을 나누어 먹을 것이다. 젊은 아가씨와 청년들은 집에 돌아가지 않은 채 한가롭게 산책을 즐길지도 모르고, 노인들은 파이프 담배를 꺼내 물며 시간 가는 줄 모르고 더긴 이야기를 나눌지도 모른다.

자세히 들여다보면 이 교회에는 어디에도 입구가 없다. 화가는 기이하게도 건물의 앞면이 아닌 뒷면을 주목해 그렸다. 그림을 그린 사람, 오직 그만이 안으로 들어가지 못한 채 바깥에 서 있다. 모든 예배와 찬송이 끝나고 사람들이 삼삼오오 교회 문밖을 나와 집으로 돌아가는 동안에도, 어느덧 해가 저물어 날이 어두워지고 마을의 골목골목마다 따뜻하고 향긋한 음식 냄새가 감도는 동안에도, 그는 그런 평범한 삶으로부터 거절당한 남자처럼 거기 서 있다.

고흐는 자신이 사랑하는 사람으로부터는 평생 거절당하는 비운의 삶을 살았다. 늘 여인의 곁에 있었지만, 그녀들은 그가 먼저 사랑한 사람은 아니었다. 그는 화가가 되기로 결심한 초기에 창부였던 시엔과 몇 년간 함께 살기도 했는데, 그녀를 사랑했다기보다는 가난하고 버림받은 거리의 여인에게서 자기 자신의 모습을 겹쳐 보았던 것 같다. 그는 그녀가 자신의 도움을 필요로 하며 그로 인해 자신이 쓸모 있는 인간이 될 수도 있다는 사실에서 살아갈 용기를 얻었다고, 동생에게 보낸 편지에 솔직히 적고 있다. 내가 사랑했던 이들은 나를 떠났지만, 이 사람이 내게 남겨졌다고. 모든 사람이 손가락질한다 해도 결국 나와 함께할 수 있는 이는 이 사람이라고. 나는 언제나 사랑이 필요하다고.

수없이 많은 사랑의 실패를 겪은 뒤, 고흐는 오베르 시기 자신의 주치의였던 가셰 박사의 딸 마르그리트 가셰를 그린 초상화 두 점을 남겼다. 그는 생의 마지막 시기까지도 누군가를 사랑하는 일을 멈출 수는 없었던 것 같다.

1890년 6월, 어느 날 고흐는 마르그리트에게 피아노 앞에 앉아 있어달라고 부탁한다. 바닥에는 붉은 카펫이 깔려 있고 벽은 오렌지빛 점들이 박힌 초록색으로 칠이 되어 있다. 마르그리트는 어두운 보랏빛을 띤 피아노 앞에 분홍색 드레스를 입고 피아노 치는 자세로 앉아 있다. 아직 어린 소녀인 그녀는 악보의 음계와, 피아노 건반과 그 건반 위에 놓인 자신의 손등만을 수줍게 내려다본다. 자신을 바라보는 한 남자의 지극한 시선 속에서 그녀는 한 시간 이상을 말없이 앉아 있어야만 했었을 것이다. 그가 정확히 무엇을 그리는지, 자신에게서 어떤 모습을 보고 있는지 알지 못한 채.

그림이 완성된 지 얼마 지나지 않아 그림을 그린 남자는 자살로 세상을 떠났다. 그녀는 평생 어떤 관계로도 그날 그녀가

경험했던 열정 어린 시선을 대체할 수 없었던 것 같다. 이 그림은 평생 미혼으로 살았던 마르그리트가 사십사 세가 되던 1934년까지, 그녀의 침실 벽에 걸려 있었다고 전해진다.

나는 마르그리트 가셰의 초상에서 〈오베르의 교회〉 속 드러나지 않은 나머지 절반의 이미지를 읽는다. 폐쇄된 교회의 안쪽에서 한 남자를 기다리며 기도하는 여성의 모습을. 그러나 그녀는 실내의 어둠에 가려 결코 보이지 않는다. 바깥에서 그가 자신을 바라보고 있다는 사실도 당연히 알지 못한다. 그때 늙은 종지기가 교회의 종을 울린다. 이제 시간이 다 되었다는 사실을 알리듯.

실내의 여인과 바깥의 남자는 일제히 고개를 들어 소리가 울리는 교회당의 하늘을 올려다본다.

이미지의 구원

십여 년 전 어느 겨울 밤, 집으로 돌아오는 길에 있었던 일이다. 지하철 안이었는데 문득 어디로도 영원히 돌아가고 싶지 않다는 생각이 들었다. 몇 정거장 지나지 않아 나는 차에서 내리고 말았다. 평소에는 그저 지나치기만 하던 고궁이 있는 역이었다. 플랫폼에 서 있는 얼마간이 정말 긴 시간처럼 느껴졌다고 기억한다. 내 삶이 여기서 끝난다 해도 나를 붙잡아줄 손은 어디에도 없다고 여기며 나는 거기 서 있었다.

그때 내 눈앞에 왜 그런 이미지가 나타났을까?

나는 그날 한 젊은 여자가 플랫폼 중앙에 놓인 의자에 겨우 걸터앉은 채 온몸을 쥐어짜듯이 울고 있는 것을 보았다. 그녀는 두 손으로 얼굴을 감싸쥐고 있었는데 그 모습은 마치 무언가를 향해 절실히 기도하는 것 같기도 했다. 저렇게 자신을 완전히 놓아버릴 정도로 고통스러운 적이 내게도 있었던가. 나는 한 사람이 겪는 엄청난 고통의 광경에 압도되어 자신의 상념도 잊은 채 그것을 바라보았다.

청소하는 여자의 손이 그녀의 어깨를 가만히 흔들었다. 청소하는 여자는 아무 말 없이 대걸레로 그녀가 바닥에 게운 것을 닦아내고 있었다. 그러나 그녀는 끝까지 고개를 들지 않았다.

이럴 때 어떤 도움을 주어야 하는 걸까. 그녀에게 가까이 다가가거나 그녀를 보지 못한 것처럼 돌아서는 선택 사이에서 머뭇거리는 동안 플랫폼에 열차 한 대가 들어왔다. 여자가 앉은 위치로부터 멀지 않은 객차에서 한 남자가 내렸다. 그는 망설임 없이 여자에게 다가갔다. 그러곤 단숨에 그녀의 머리채를 움켜잡고는 몇 걸음을 걸어갔다.

내가 충격을 받은 건 다음 순간이었다. 여자의 울음이 멎은 것이다. 그녀는 소리 없이 미소를 지었다. 그 모습을 본 남자는 여자에게 화를 내더니 머리채를 놓아버리고 앞서 걸어가버렸다. 그녀는 남자의 뒤를 재빨리 쫓아갔다. 그러곤 그에게 다정히 팔짱을 끼었다. 남자는 그것을 뿌리치지 않았다. 뒷모습으로 계단을 오르던 두 사람은 내 눈앞에서 이내 환영처럼 사라져버렸다. 바닥에 남아 있던 물기가 서서히 말라갔다.

나는 이 장면이 왜 나에게 찾아왔을까를 의문하며 그날 결국 집으로 돌아오고 말았다. 자신이 이해할 수 있는 범위를 넘어서는 강력한 이미지에 압도되고 만 것이다.

그들은 연인이었을까.

행복했을까. 아니면 불행했을까.

두 사람 중 누가 잘못을 했던 것일까.

그래서 직전에 큰 싸움이 있었던 걸까.

아니, 그런 일은 싸움 같은 게 아니라, 평소 그들에게 자주 일어나는 일이었을까.

그래서 그들은 그날 밤 어디로 향했을까.

한동안 더 걸었을까. 그러다 함께 갈 곳은 있었을까.

그런 모습을 무엇이라 부를 수 있을까.

그전까지 나는 본 것을 어떤 방식으로든 분류하고 판단하는 데 익숙해져 있었다. 내 사고의 차원을 넘어선 세계가 분명 있을 테지만 나는 그것을 이해 가능한 범위로 줄여서 생각해왔다. 하지만 이 장면은 도저히 내 멋대로 축소시킬 수가 없었다. 그리고 한번 그것을 깨달은 이상 더는 그렇게 할 수 없는 일이었다.

확실한 이미지는 해석의 여지를 남기지 않는다. 그런 점에서 이 이미지는 모든 것이 확실해 보였는데 나는 단정적으로 결론을 내리기를 끝까지 망설이고 있었다. 내가 가하는 해석이 이 세계를 있는 그대로 보는 일을 방해한다는 생각이 들었기 때문이었다. 이전까지의 방식으로는 그 이미지가 담고 있는 것을 옮길 수 없었다. 그날 내 울음은 그래서 멈추었던 것인지도 모른다.

프라하의 도시 풍경만을 주로 찍었던 체코의 사진가 요제프 수덱은, 왜 당신 사진에는 사람이 없느냐는 질문에 이런 답을 했다고 한다. "사람을 찍지 않으려는 것이 아니라 내가 촬영 준비를 마치면 그들이 이미 사라져 있는 거요."

마찬가지로 나는 붙잡을 수 없는 그들이 떠나간 자리에 남아 비로소 그 이미지를 바라보았고 집으로 돌아와서도 그것을 가만히 붙잡으려 애썼다. 그렇게 이해할 수 없는 이미지에 사로잡혀 한 번도 써본 적 없는 방식으로 글을 쓰게 되었다. 신이 있다면 그가 나로 하여금 이것을 보게 함으로써 살게 한 것인지도 모른다고 여기며. 그렇다면 내가 앞으로 살아가야 하는 새로운 삶은, 책상 위에 놓인 컵 하나가 컵이란 사실을 처음 알게 되는 어린 아이처럼 세계를 처음 배우는 사람의 그것이어야 했다.

서른둘의 나이에 세상을 떠난 비운의 미술가 차학경의 오빠 존 차(차학성)가 동생의 죽음 뒤에 쓴 책 『안녕, 테레사』문형렬 옮김. 문학세계사. 2016에는 그가 동생이 살해된 현장을 발견하는 장면이 나온다. 동생이 죽음을 맞은 장소에는 장갑 한 켤레가 놓여 있었다.

멀리 지하철 전동차가 지나가는 소리가 들렸다. 테레사가 왜 이곳에 있었는지 아무도 모른다. 나도 모르게 눈물이 흘렀고, 나는 어둠 속에서 눈을 감았다. 눈을 감으니까 이상하게도 눈앞이 환해졌다. 햇빛을 향해서 눈감으면 눈앞이 환해지는 것처럼. 나는 눈을 깜빡였다. 그 빛은 사라졌다. 다시 눈을 감았더니 그 눈속의 빛이 다시 비쳤다. 나는 눈을 다시 떴다. 어둠 속의 희미한 빛이 느껴졌다. 그리고 어둠 속으로 어떤 모습이 떠올랐다. 그것은 살아 있는 듯한, 장갑을 낀 손이었다. 가죽장갑엔 당연히 손이 없지만, 장갑이 살아 있는 것처럼 움직이는 것 같았다. 아니 움직였다. 장갑의 움직임이 느껴졌을 때 나는 내 두 눈을 믿을 수 없었다. 사실 난 그것이 불가능하다는 것을 알고 있었다. 장갑 한 켤레는 차가운 바닥에 조심스럽게 나란히 놓여 있었다. 피아노로 레퀴엠을 연주하는 것 같은 섬세한 손가락들처럼.

—존 차, 『안녕, 테레사』

그는 경찰도 발견하지 못했던 동생이 남긴 장갑 한 켤레를 부근의 다른 장소에서 찾아낸다. 그런데 장갑을 발견했다는 점도 놀랍지만 더 놀라운 것은 경찰들에게 범죄 현장의 증거물일 뿐인 이것이 그에겐 완전히 다른 것으로 읽힌다는 점이다. 그는 장갑을 하나의 사물이 아닌 존재의 이미지로 읽어낸다. 그러자 한 켤레의 장갑은 장갑을 넘어서는 것, 장갑이 놓였던 장소에서 죽기 전 '마지막 순간'까지 세상에 메시지를 던지려 했던 동생의 작품이 된다.

그후 삼십여 년간, 그는 동생이 남긴 마지막 장갑의 이미지를 머릿속에 간직하며 살아간다. 오직 자신만이 볼 수 있는 그 작품을 비밀스레 감상해왔다고, 존재하지 않는 그 작품을 작가의 작품 목록에 추가하고 싶다고 쓰면서, 머릿속에 간직된 이미지를 우리 앞에 꺼내놓는다.

영어 단어 'deliver'에는 '전달하다'라는 일반적으로 자주 쓰이는 뜻 외에 '구원하다'라는 뜻이 있다. 누군가에게서 누군가에게로, 손에서 손으로 무엇을 전한다는 것. 한 자리에서 다른 자리로 그 무엇을 옮겨놓는 일에 구원의 의미가 담긴다는 것은 무척 상징적이다.

우리는 서로에게 이미지를 전달한다. 이 전달에는 옮기는 과정에서 그것이 손상되거나 파괴되지 않도록, 그 상태 그대로 이미지를 냉각시켜야만 한다는 비밀이 존재한다. 그 비밀이 지켜지지 않는다면 무슨 일이 일어나는가.

이탈리아 감독 페데리코 펠리니의 영화 〈로마〉(1972)에서 그런 장면을 본 적이 있다. 영화에서 사람들은 동굴 속에 그려진 거대한 프레스코 화를 보기 위해 빛을 비춘다. 그런데 그림이 우리 눈앞에 나타난 순간 그것은 전부 산화되어 사라지고 만다.

오래전 내가 지하철 역사에서 마주친 연인의 이미지 앞에 그토록 사로잡히고 또 망연자실했던 까닭은 그 비밀의 문을 엿보았기 때문인지도 모른다. 함부로 드러낸다면 사라지는 어떤 것.

이미지를 진정으로 살게 하기 위해서는 그것이 훼손되지 않도록 전달해야만 한다.

세상을 떠난 미술가 차학경이 장갑을 통해 던진 이미지를 아무도 발견하지 못했다면 그 이미지는 그저 경찰서 지하 증거보관 캐비닛을 떠돌다 영원히 사라지고 말았을 것이다. 파쇄기에 들어가는 서류의 운명처럼 이 세계에 그런 불운한 이미지들은 얼마나 많을까.

이미지가 구원이 되는 것은 전달이 있을 때이다. 그녀가 손을 내밀었을 때, 시차가 있었지만 분명 그 손을 향해 내밀어진 또다른 손이 있었다. 그런 뒤에 그 손은 당신에게로 향한다. 당신이, 당신만이, 이것을 읽어줄 것이며, 또 누군가에게 전달해주리라 믿으며.

어떤 이미지는 우리에게 구원의 힘을 갖는다. 그것은 사랑과 마찬가지로 우리의 정신을 한 번도 겪어본 적 없는 전혀 다른 차원의 세계로 옮겨놓는다.

나는 이제 이 수수께끼 같은 이미지들을 당신 앞에 비밀스레 전달하려 한다.

언젠가 내가 알지도 못하는 누군가에게게서 이것들을 받았던 그날처럼.

흔적은, 있다

사랑이란 사건이 끝난 뒤에도 돌이킬 수 없는 기억 앞을 혼자 서성이는 사람이 있다. 그것을 오래 들여다보는 사람이 있다. 그 속에서 무언가 발견하는 사람이 있다. 십 년의 시간 동안, 그래서 이 책의 어떤 문장은 쓰였다 지워졌다 새로 쓰이길 거듭했다. 그 내면의 소요와 흔적에 대해 마지막으로 당신에게 이야기하고자 한다.

「끝과 시작」에 덧붙여

속내 이야기를 쓰는 것은 좋지만, 속이 들여다보이도록 써서는 안 된다는 글을 읽은 적이 있다. 무슨 말일까. 알 것 같다가도 물음이 남는 말이다. 고개가 끄덕여지면서도 다시 곱씹게 하는 문장. 이 문장은 내게, 십여 년 전의 어느 문학수업을 떠올리게 한다. 졸업 학년을 휴학하고 긴 여행을 떠났던 나는 돌아와 그 수업을 들었다.

1학년 학생들이 수강하는 글쓰기 기초 수업이었다. 무엇이라도 붙잡고 싶었기에 나이든 청강생으로 강의실에 앉아 있었다. 아무도 나를 신경쓰지 않았겠지만 마음 한켠은 늘 숨고 싶다는 생각뿐이었다. 모두 제 갈 길을 찾아가는데 나만 내 갈 길을 모르는 것 같았다. 무엇 하나 제대로 이룬 것 없이 졸업을 맞았다. 문학 선생은 절박해 보였을 내게 몇 가지 조언을 주었다. 숙제로 제출한 글 뒷면에, 또는 내가 쓴 글 바로 아래 짤막한 메시지를 적어 돌려주며. 선생이 내게 건넨 문장 중에는 이런 것이 있었다.

다 보여줘서는 안 된다. 절반만 보여줄 것.

왜 그런 말을 했을까.

나는 궁금해도 바로 묻지 못하는 학생이었다. 수업이 끝나고도 강의실을 나서지 않은 채 느지막이 짐을 챙겼고 선생의 뒤를 따라 복도를 걸었다. 어디 산다고 했지, 언젠가 내게 했던 질문을 또다시 하는 선생에게 같은 대답을 하고 나는 거기 멈춰 서 있었다. 엘리베이터를 탄 선생의 뒷모습이 사라지고 겨울이 되고 십삼 주의 수업이 끝난 뒤에도 나는 그 질문 앞에 서 있었다.

그것은 글쓰기에 관한 조언이라기보다 마치 사랑에 관한 수수께끼 같았다. 마음을 다 보여줘선 결국 상대를 떠나게 할 뿐이라는. 조금만 드러내야 상대에게 궁금증을 남길 수 있다는. 속내를 모두 꺼내 서로 나누는 것이 진정한 사랑이거나 우정이라 믿던 스물다섯의 내게 그 충고는 무척 가혹한 것이어서, 나는 가끔 그 문장 앞에서 울기도 했다. 나를 다 드러냈을 때 공명할 수 있는 존재란 세상에 없는 걸까.

그래서 나는 글쓰기에 비장했다. 사랑에 비장했고 관계에 비장했고 삶에 비장했다. 아니, 결연히 비장했다기보다 곧 죽기라도 할 사람처럼 매사에 심각하고 무거웠다. 이해받고자 하는 마음이 너무 커서, 다 보여주지 않는 것이 어려웠기 때문이다. 모든 걸 내려놓고 처음부터 끝까지 말했는데 상대는 듣기 힘들어한다. 그게 바로 나의 문제였고 내 쓰기의 문제였다.

한동안 다 보여줘선 안 된다는 말을, 상대가 들을 만하게 적당히 말해야 한다로 오해했다. 나는 절반이라는 선을 지키려고 물리적으로 노력했다. 할말은 반으로 줄였고, 쓴 문장은 반을 지웠다. 머리로는 알지만 가슴으로는 진정 왜 그래야 하는지 의문하면서도 그렇게 했다. 지금보다 나은 존재가 되는 방법이 거기 있다고 믿으면서. 그 시절 그렇게 「끝과 시작」의 초고를 썼다.

초고는 지금의 글과 크게 다르진 않다. 다만 군데군데 지금은 사라진 문장들이 삐져나와 있는 게 보인다. 누군가에게 다가가기 위해, 자신을 절제하려 애쓰지만 감추는 데 실패하는 스물다섯의 한 사람이 읽힌다. 그 사람은 겉으론 차분히 무언가를 말하는 듯하다. 하지만 실은 마음이 들끓고 있어서 문장 안쪽에 눈물이 맺혀 있다. 그걸 숨기는 것이 쓰는 자의, 사랑하는 자의 불행한 운명이라 믿으면서 그 사람은 쓰고 있다.

십 년 동안 그 사람의 생각은 바뀌었고 이 글의 문장들도 여러 번 고쳐졌다. 특히 마지막 문단은 사라졌다 새로 생기길 반복했다. 문장이 여러 번 고쳐지며 내 삶 또한 바뀌었을 것이다.
언젠가 썼다 지운 마지막 문단은 이러하다.

"마음에 사랑하는 사람들이 생겨나는 것이, 그러다 그들에 대한 감정이 변화하고 사라지게 되는 것들이 지금도 두려운 것은 사실이다. 네가 나에게 그랬듯이, 내가 너에게도 그럴 수 있다는 것이. 그러므로 흘러가기 때문에 우리가 목격하는 모든 장면은 궁극적으로는 슬픔에 대한 것이다. 그것이 좋은 것이든, 나쁜 것이든, 좋지도 나쁘지도 않은 것이든."

몇 년 전, 글을 다듬으며 이 문단을 삭제하고 새로운 문장들을 덧붙였다. 그것이 바로 당신이 읽은 그 글이다.

"침묵 속에서 우리는 어떤 장면을 향해 거슬러올라갔다. 그곳에서 우리 자신을 존재하게 했던 기원에 관한, 단 하나의 장면을 마주했다.

비탄에 빠진 동정녀 마리아와 그녀의 사내아이.

어쩌면 우리는 우리에게 예비되어 있는 사랑의 이미지를 우리 자신으로부터 나타나게 하기 위해 살아가는지도 모른다.

그애가 내게 다가와 손을 잡고 눈을 들여다보았던 걸 기억한다.

사랑의 기원에 그것이 있다.

그것만이 전부인지도 모른다."

다 보여선 안 된다는 문학 선생의 말은 우리 삶의 비밀에 관한 거친 충고였다고, 이제는 생각한다. 이 세상에는 인간인 내가 끝내 이해할 수 없는 것이 있다. 결코 이해할 수 없고 알 수 없는 사랑이 있으며, 당신이 있으며, 운명이 있다. 그러므로 비밀로 남겨둬야 하는 것이 있다. 다 보여선 안 된다는 것은 비밀을 지킴으로써 당신이 내 안에 머물 자리를 마련하는 일이다. 어쩌면 쓸쓸하겠지만, 내가 결코 알지 못하는 무언가가 있음을 인정하는 일이다. 이 이야기를 처음 듣는 당신이 그 안으로 들어와 해석할 공간을 남기는 일이다.

나는 아버지의 자살을 모티프로 소설을 쓴 작가 데이비드 밴을 떠올린다. 그는 단지 아는 것을 재현했는가. 아니 그는 모르는 것을 썼다. 가족이라 해도 아버지가 죽음을 결행한 그 순간, 그 고독은 아들도 알 수 없는 것이다. 그는 아버지를 알지 못하기에 이해하려 글을 썼다. 그럼에도 알 수 없는 것은 영원히 알 수 없는 것으로 남는다. 그것이 가장 통절한 일이다. 그러나 간절히 다가가려 했던 시도는 남는다. 어쩌면 그것이 쓰기의 전부다. 사랑의 전부다. 당신의 뒷모습에 다가가, 당신에게 닿고자 했던 그 손. 그 손이 전부다.

「오지 않은 과거」에 덧붙여

학교를 졸업하고 출판사를 다녔다. 출판사를 다니기 전에는 이런저런 아르바이트를 했다. 하나의 아르바이트가 끝난 뒤 또 다른 아르바이트를 구하기 위해 서류를 내고 면접을 보고 매번 새로운 사람들과 친해지려 애써야 한다는 게 힘겨웠다. 어디에도 적을 두지 않고 자신의 문장을 쓰려면 겪어야만 하는 현실이었다. 그걸 지속적으로 견딜 만한 정신적 힘이 없었기에 회사에 몸담기로 마음먹었다.

그러나 일을 시작하고서야 알았다. 종일 책상 위에 놓인 교정지를 보다가 집에 돌아와 내 글을 쓰는 건 불가능에 가깝다는 사실을. 활자들은 거머리처럼 눈 안쪽으로 들어와 일을 마친 뒤에도 떨어질 줄 몰랐다. 그런 상황에서 글을 쓸 수는 없었다. 그때 할 수 있었던 건 출퇴근길 버스 안에서 다만 눈을 감고 생각하는 일이었다. 정확히는 한 생각에서 다른 생각으로 생각을 옮겨가는 일이었다.

영화 〈지난해 마리앙바드에서〉(1961)의 시나리오를 쓴 알랭 로브그리예는 복잡하고 난해하다고 알려진 자기 영화에 대해 이렇게 말한 적이 있다. 우리의 육체가 한곳에 머물러 있는 동안에도 우리의 정신은 여러 곳을 향한다고. 자신은 영화를 통해 정신의 움직임을 보여주고자 했다고.

나는 '정신의 움직임'이라는 자유를 빼앗기지 않기 위해 자주 눈을 감고 멀리 여행하려 애썼다. 그러면 내 육신은 돈을 벌기 위해 이 세계에 수인처럼 붙박여 있더라도 정신만은 먼 곳을 향할 수 있었다. 나는 버스 안에서 새로운 착상이나 시구를 떠올리려 애썼고 그것이 기억될 만한 문장인지를 가늠하려 애썼으며 그럴 만한 가치가 있다 싶으면 암기하려 애썼다. 그렇게 만든 시 오십여 편을 당시에는 언제라도 외울 수 있었다. 눈을 감고도 소리내어 읊조릴 수 있는, 그런 시간을 견뎌낸 언어만이 값지다고 생각했다.

좌석버스 의자에 앉아 눈을 감을 때 보르헤스를 떠올렸다. 아르헨티나의 위대한 작가. 엄청난 독서광. 미치광이 주석가.

그토록 좋아하던 책을 다 읽을 수 있는 국립 도서관장이 되었을 때는 눈이 멀고 말았던 비극의 주인공. 보르헤스의 말년은 마치 자신이 쓴 소설 같았다. 나는 쓰고 있는 삶이 아니라 쓰기인 삶을 상상했다.

그는 눈이 멀고도 쓰는 일을 멈추지 않았다고 한다. 그의 비서이자 그가 사랑한 여인 마리아 고타마가 그를 도왔다. 그가 말하면 그녀가 받아 적었다. 받아 적은 것을 그녀가 소리내어 읽으면 들으면서 고칠 자리를 찾았다. 그렇게 해서 써낸 것은 오직 시였다. 눈을 감고도 암송할 수 있는 정형시였다. 보르헤스가 시를 쓴 계기가, 그 시의 엄격한 율격이 실명에서 비롯되었다는 사실은 내 처지를 환기시켰다. 나는 자유로를 지나는 차 안에서 자주 눈을 감았고 그의 말년을 생각했다.

현실의 그는 빛을 잃었지만, 그의 시에서는 눈이 멀고서야 책을 얻는 운명이 있다고 말하는 자의 호탕한 기백이 읽혔다. 그의 정신은 인간을 초월하는 곳을 향하고 있었다. 그곳은 내가 다다르고 싶었던, 가닿을 수 없기에 다다르고 싶었던 세계였다. 그 시기 「오지 않은 과거」의 초고를 썼다.

"지하철의 에스컬레이터를 오른다. 움직이는 계단을 따라 천천히 올라간다. 이 장면을 어딘가에서 경험한 적이 있다는 것을 깨닫는다. 당연하게도 매일 아침과 저녁, 경험한다. 반복되는 출근과 퇴근. 그러나 이전에도 이런 장면은 있었다."

초고에 썼다 지운 문장에는 자기 운명에서 신화 속 비극을 읽어내고 그 이미지가 세상 어딘가에서 반복되어 나타날 것임을 예감하는 보르헤스에게 내 삶의 흔적을 겹쳐놓으려는 의도가 있었다. 위대한 작가가 운명을 말하는 장면에 내 삶을 투영해 비루한 일상을 성스러운 차원으로 끌어올리려는 욕망이 있었다.

몇 년 후, 이 문단 뒤로도 한참 이어진 나의 속내를 지웠다. 내가 보고 있는 장면을 전달하는 것과, 보고 있는 나를 전달하는 것 사이의 차이를 감지하고 나서였다. 내가 사랑으로 인해 고통스러웠던 것은 내 관심이 체험 자체가 아니라 체험하는 나의 고통에 집중되어 있었기 때문일 것이다. 좋았던 순간은 늘 너무 짧았다. 그리고 남겨진 것은 거듭되는 복기였다. 같은 장면을, 같은 기억을 떠올리고 또 떠올렸다. 받아들일 수 없는 이별을 이렇게 이해하고자 했다.

흔히 표현은 나로부터 먼 곳에서, 개인적인 것이 아니라 보편적인 지점을 건드리는 데서 도래한다고 한다. 나는 그 말을 생각하며 표현에 다가가고자 했다. 내가 느낀 것을 쓰는 게 아니라 내가 본 것을 씀으로써 읽는 사람이 그 장면을 느낄 수 있으면 했다. 보는 것은 나이지만, 내 감정을 지우고 이미지를 남길 때 그 표현은 비로소 시에 가까워졌다. 그것은 나라고 적을 주어 자리에 타인이 머무를 자리를 마련하는 과정이기도 했다.

비록 글 속에서이지만 나와 밀착된 경험을 쓰는 데서, 나라는 화자를 지우는 일이 최초엔 고통이었다. (거기엔 나 자신과 자신의 욕망을 객체화해 똑바로 마주보는 일이 선결되기 때문이다.) 그러나 글 속에서 주체, 즉 내 몸을 비운다는 것은 언제든 문장 사이를 떠다닐 수 있는 자유를 얻는 일임을 알게 되었다. 문장을 고칠 수 있다는 것을 깨닫자 세상은 전과 다르게 보였다.

지금은 지워버린 나의 이야기 대신, 덧붙여 쓴 것은 상상 속 보르헤스가 말년의 어느 하루를 보내는 모습이다. 그가 해질녘 먼눈으로 무얼 보았을지를 상상했다.

쓰기에 생을 걸었던 한 남자, 그는 이제 죽음 앞에 서 있다. 생과 죽음, 현실과 꿈의 경계에서 죽으면 저 세상으로 가는 것인지, 아니면 그간의 꿈에서 깨어나 이 세상으로 돌아오는 것인지를 의문한다.

보르헤스는 '나'라고 적을 때도 자아에 얽매이지 않았다. 글 속에서 자신을 지우거나 화자를 바꾸지 않고도 자유로이 떠다닐 수 있었다. 그것이 곧 그의 삶이었다. 자신이 이 세계의 유령에 지나지 않는다는 것을 깨달은 자. 그는 몸이 있으되 자신의 몸조차 아르헨티나의 거리를 바라보듯 한다. 그의 '나'는 복수적이고 그만큼 자유롭다. 그는 누군가의 육체를 입고 태어났고 누군가의 목소리를 듣고 쓰며 누군가의 입을 빌려 말하는데, 실은 우리 모두가 그렇다는 걸 일러주는 듯하다.

그런 보르헤스를 생각하다보면 나라는 고통을 짐 진 주체의 무거움으로부터 얼마간 하늘로 들려 오르는 느낌이다. 나를 이루는 모든 것이 실은 내가 알지 못하는 저 먼 세상에서 기원하고 있다는 가정. 언젠가부터 살면서 전에 없던 감정을 느낄 때, 저 먼 세상에서 나처럼 이 감정을 느끼는 누군가를 감응할 때, 나는 당신을 떠올린다. 이 생각은 물론 당신에게서 온 것이다.

「사라진 그림」에 덧붙여

「사라진 그림」은 이 책에서 가장 먼저 쓴 글이다. 처음 글을 썼을 때는 책을 쓰려는 생각은 하지 못했다. 나는 그저 자신의 쓰기가 어디서 비롯되었는지 밝히는 과정에서 이 글을 썼다. 몇년이 흘렀다. 나는 '사랑에 관한 이미지들'이라고 이름 붙인 폴더를 만들었고, 이 꼭지를 폴더의 첫 글로 삼았다.

스물셋에 쓰었다 지워진 마지막 문장은 이러하다.

"나는 그때 내가 그린 것이 정확히 무엇인지 몰랐다. 시간이 지나고 나면 의미화가 이루어졌다. 그때 그애는 그걸 봤구나. 그것은 이런 뜻이었던 거고, 하는 식으로. 하지만 해석은 어디까지나 내가 가진 한계를 뚜렷이 드러내었다. 내가 아는 식으로밖에는 생각할 수 없다는 것이 슬펐다."

그로부터 십 년 뒤, 나는 이렇게 고쳐 썼다.

"나는 그때 내가 그린 것이 무엇인지 알지 못했다.
언제나 사랑이 먼저였고, 그것을 깨닫는 일이 뒤늦게 찾아왔던 것처럼."

시간이 지나면서 기억의 장면에서 새로운 것을 발견했기 때문이다. 그래서 초고는 나와 같은 화실에서 그림 그리던 남자아이의 모습을 묘사하고 당시 나의 고민을 적었다면, 이후 수정하면서는 기억의 원상原象이 있고 그걸 바라보는 화자의 시선이 있음을 표현했다. 물감이 마른 뒤 한 겹 다른 색을 덧칠하듯.
여자아이는 화실의 이젤 앞에 앉아 그림을 그리고 남자아이는 여자아이가 떠난 자리에 남은 그림을 본다. 여자아이는 남자아이가 그 그림을 보았다는 이야기를 전해 듣고는 남자아이의 뒷모습을 바라본다. 둘 사이에는 아무 일도 일어나지 않았고 이후로도 그 일은 내 삶에서 거의 잊히다시피 한 사소한 기억이었다.
그러나 이제 나는 생각하는 것이다. 삶의 어느 모퉁이에서 내가 지나친 장면을. 스스로 자각하지 못했던 감정, 자신에게조차 잊힌 기억의 파편이 어딘가에 남아 있진 않은지.

'사라진 그림'의 첫 제목은 '부재하는 그림'이었다. 이 글의
초고를 쓴 해는 2006년. 십이 년의 세월이 흐르면서 부재하는
것은 어째서 사라진 것이 되었을까.

한 장의 사진조차 남아 있지 않은 기억이 있다. 그러나 그것
을 부재한다 할 수는 없을 것이다. 그것은 분명 어딘가 있다. 다
만 손안에서 사라졌을 뿐.

사라진 기억이 어느 날 문득 나를 떠올리는 날, 나는 그 사실
을 알아챌 수 있을까.

그리고, 사라진 글에 덧붙이는 주석

스물넷, 나는 몰리노의 오래된 호텔에 있었다. 그곳에서 안뜰
의 오래된 지붕 안쪽을 초록색 페인트로 칠하는 일을 했다. 나
무 사다리를 타고 올라가 붓질을 하다 잠시 하늘을 바라보았던
기억이 있다. 그때 호텔에 묵고 있던 독일인 남자가 나를 올려
다보며 물었다. 재떨이가 있나요. 재떨이는 딱히 없다고, 정원
에서는 그냥 담배를 피워도 된다고 말하면 되는데, 나는 그때
아무 대답을 못했다. 그가 잠시 기다리다가 이내 정원으로 향하
는 모습을 보며 나는 문득 내가 누구인지 의문이 들었다. 나는

왜 이 먼 곳까지 와서 초록색 페인트를 칠하고 있을까. 왜 이 독일인 남자에게 몰리노 호텔의 종업원으로 여겨지고 있을까. 이 일은 잠시 나를 거쳐가는 배역일 뿐이라고 그에게 말하고 싶었다. 하지만 그 역시 부유한 여행자 배역을 수행하고 있는지도 몰랐다.

그해 여름 몰리노는 내게 현실의 공간이었지만 한국에 돌아오자 그것이 비현실적인 이름일 수밖에 없다는 걸 알았다. 그 무렵 나는 배수아의 『이바나』이마고, 2002란 책을 읽었고, 작가가 독일에서 이바나를 보았을지도 모른다고, 아니 보았으리라고 생각했다. 이바나. 그것은 오래되고 붉은 자동차의 이름이거나, 내가 앞으로 여행하려는 곳, 또는 여행에서 우연히 만난 여자의 이름. 나는 그녀가 이바나를 특정한 대상의 이름으로 쓰지 않는 이유를 알 것 같았다.

사람들은 이바나에 대해 알지 못할 것이기 때문이다. 나는 이곳에 돌아와 몰리노를 이야기하거나, 몰리노에서 있었던 일을 이야기하는 게 이상하게 들린다는 걸 알았다. 아무리 사실적으로 몰리노를 말한다 해도 당신은 내가 보았던 그 도시를 믿을 수 없을 것이다. 몰리노가 허구의 이름으로 들린다면, 나는 허구의 몰리노들을 지어내 말할 수도 있을 것이다. 그 편이 더 사실적인 감각을 전할지도 모른다.

여행이 끝나자 내게는 몇 가지 비밀이 생겼다. 사랑을 경험한 사람과 마찬가지로, 먼 곳으로 떠나본 사람은 누구에게나 각자의 몰리노가 있음을 알게 된다.

　나는 마지막으로 당신에게 몰리노 이야기를 하려 한다.

　떠나는 날의 아침이었다. 나는 그간 머물렀던 몰리노 호텔의 다락을 찬찬히 바라보았다. 마지막 순간이면 언제나 그랬다. 나도, 공간도, 사물도, 다가올 작별 앞에 차분히 가라앉았다.
　다락 한쪽 구석엔 녹슨 욕조와 커버를 벗긴 핑크색 매트리스가 하나 있었다. 작은 창으로 빛이 들자 순간 바닥에 빛 무늬가 새겨졌다.
　다가가보니 매트리스 위에 낡은 코트 한 벌과 양복 한 벌이 사람처럼 누워 있었다. 전날 누군가 자고 간 흔적처럼. 한쪽 귀퉁이에는 성냥 몇 개비, 부러진 담배 하나, 스트로 하나, 호박씨와 해바라기씨들이 흩어져 있었다.
　여기 잠들었던 이가 누구인지 나는 알지 못한다. 방치된 다락에 그 흔적은 남아 있을 것이다. 그곳을 찾을 누군가를 기다리며.

사랑의
잔상들

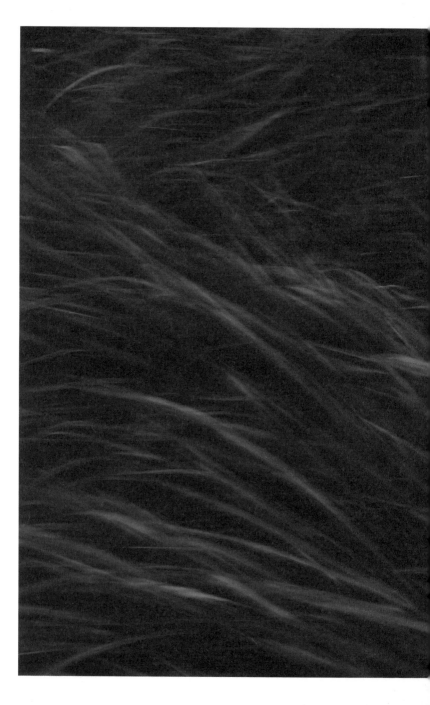

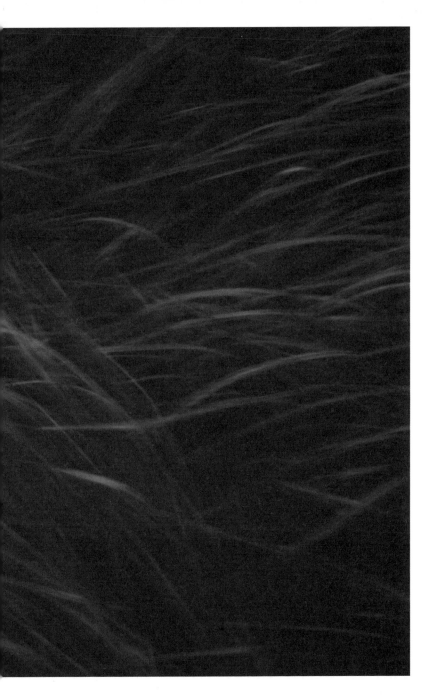

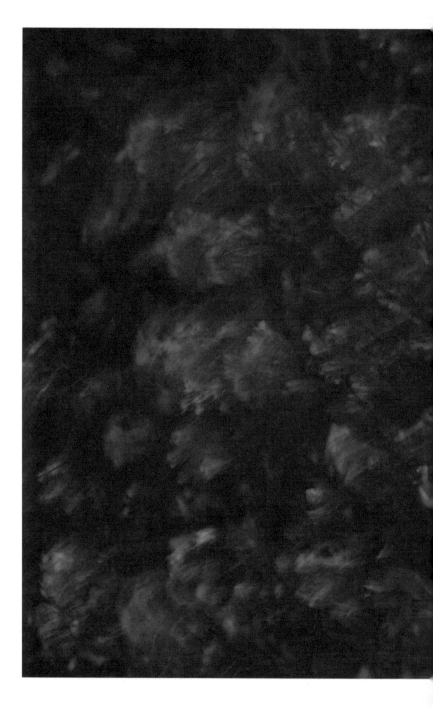

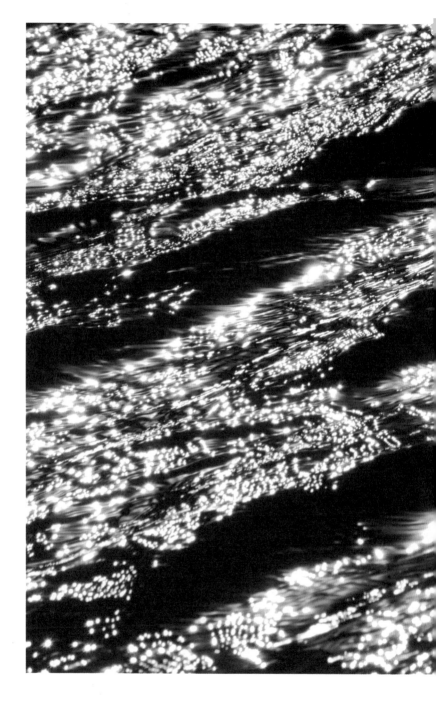

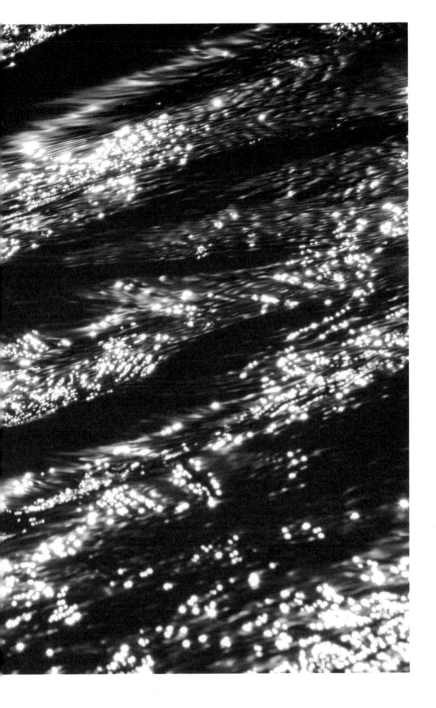

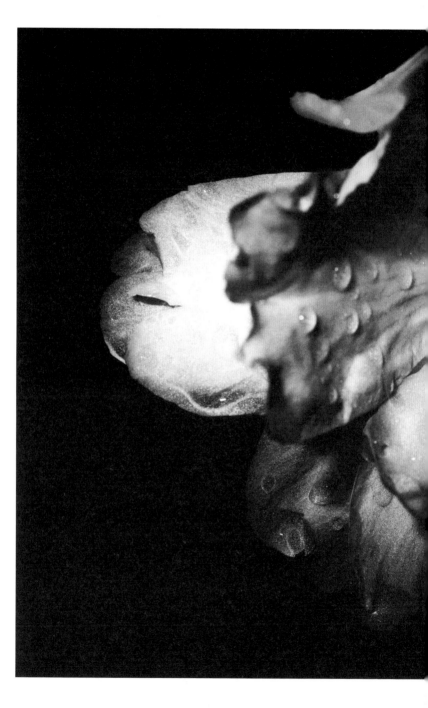

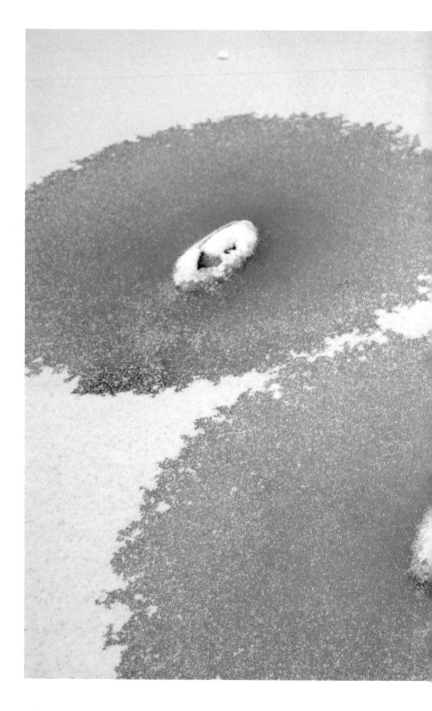

도판 목록

* 그 밖의 사진은 장혜령 혹은 윤여일이 촬영했다. 여일에게 감사하다.

* 이 책에 사용된 이미지 일부는 저작권자와 연락이 닿지 않았다. 연락이 닿는 대로 정식 동의 절차를 밟겠다.

사랑의 잔상들
ⓒ 장혜령 2018

1판 1쇄 2018년 12월 12일
1판 6쇄 2023년 3월 17일

지은이 장혜령
기획·책임편집 강윤정 | 편집 김봉곤 김영수 황예인
디자인 강혜림 | 저작권 박지영 형소진 오서영
마케팅 정민호 이숙재 김도윤 한민아 이민경 안남영 김수현 왕지경 황승현 김혜원
브랜딩 함유지 함근아 박민재 김희숙 고보미 정승민
제작 강신은 김동욱 임현식 | 제작처 영신사

펴낸곳 (주)문학동네 | 펴낸이 김소영
출판등록 1993년 10월 22일 제 2003-000045호
주소 10881 경기도 파주시 회동길 210
전자우편 editor@munhak.com | 대표전화 031) 955-8888 | 팩스 031) 955-8855
문의전화 031)955-3578(마케팅) 031)955-2678(편집)
문학동네카페 http://cafe.naver.com/mhdn
인스타그램 @munhakdongne | 트위터 @munhakdongne
북클럽문학동네 http://bookclubmunhak.com

ISBN 978-89-546-5357-2 03810

www.munhak.com